LA CHICA DE LOS OJOS DE
fuego

FABRIZIO DÍAZ CONTIN

snow
fountain
press

LA CHICA DE LOS OJOS DE
fuego

@ Fabrizio Díaz Contin, 2022

Primera Edición, 2022
ISBN: 978-1-957417-02-8

Snow Fountain Press
25 SE 2nd. Avenue, Suite 316
Miami, FL 33131
www.snowfountainpress.com

Dirección editorial:
Pilar Vélez
Corrección:
Marina Araujo
Diagramación editorial y diseño de portada:
Alynor Díaz / Snow Fountain Press

Impreso en los Estados Unidos de América.

Dedicatoria

Para Michell, a quien le digo ¡sí!
Quiero vivir el resto de mi vida contigo

—Él gritó: «¡Fuego!» —y una llamarada inundó el mundo, el plástico del volante se derretía entre sus dedos, los vidrios estallaron en millones de fragmentos que se le incrustaron en la piel y el olor del humo inundaba sus pulmones, cuando vi sus ojos solo pude ver cómo una llamarada de fuego negro salía de ellos, lo siguiente que supe de él, fue que estaba muerto.

I

—¡Tengo los pies destrozados!

Miré hacia la derecha para saber de quién era aquella voz tan tranquila y sedosa.

Cuando nuestros ojos se encontraron mi corazón se detuvo por un instante, me hallaba frente a la mirada más hermosa que hubiera visto en toda mi vida, tenía un resplandor dorado e intenso que se quedaba contigo, como si detallara cada parte de tu alma, expresaba una chispa de alegría y de vitalidad que resultaba cautivadora. Cuando despegué mi mirada de sus ojos viajé hasta las olas de su cabello, con rulos brillantes y bien cuidados, me imaginaba que quizás al tocarlo debía de sentirse como la seda al tacto, su rostro era el de un ángel con una nariz romana perfecta; mi corazón dio un pequeño latido y sentí cómo la sangre volvía a recorrer mi cuerpo, ahora lleno de adrenalina, me percaté de que no podía desviar mi vista de la sonrisa más encantadora que podía existir sobre la faz de la tierra.

—¿Me puedo sentar? Te juro que mis pies me están matando.

Estaba atontada, entendía lo que me decía, pero no tenía ni idea de qué responder, por fortuna un tren de ideas pasó por mi cabeza y con cada instante estas se iban volviendo más claras. Toda mi atención se centró en que mi lengua no se trabara, no podía quedar en ridículo frente a un chico como ese.

—¡Claro! Déjame moverme un poco a la derecha. —Apreté mi cartera por instinto mientras le daba espacio.

—¡Gracias! —confesó con alivio—. Te juro que es la última vez que me pongo estos zapatos, parecen alguna herramienta de tortura medieval, no debe existir nada peor.

—De hecho, si existe algo peor —respondí de inmediato.

—¿Qué puede ser peor que estos pequeños demonios? —dijo, señalando sus zapatos de color negro.

—Estos alargados bastardos. —Levanté mis tacones del suelo y los señalé con el dedo índice—. No sé si rompo normas de etiqueta al quitarme los tacones, pero te juro que jamás vuelvo a comprar tacones baratos, cuando llegue a casa voy a buscar la factura para devolverlos, son una mierda.

—Descuida, a nadie le importará mucho que vayas descalza —respondió soltándose las agujetas—. Ahora mismo los pintores solo pueden pensar en sí mismos y los visitantes centran toda su atención en las pinturas, no hay nada que temer.

—¿Vienes seguido?

—Podría decirse que sí —afirmó, mientras señalaba con

el pulgar hacia su derecha—. Estoy exponiendo una pintura, aquella, la de la casa en medio de los lirios.

—Espera... —No podía creerlo—, ¡¿eso es una pintura?! ¡Pero si parece una fotografía!

—Es solo la distancia, en realidad no es tan impresionante si la miras de cerca.

—Igual, sigue siendo impresionante. —Levanté mi mano—. Me llamo Anna ¿Y tú?

—Franz —respondió mientras apretaba mi mano—. Franz Muller; encantado de conocerte, Anna.

—No. —Levanté mi dedo índice—, el placer es mío.

Por suerte había logrado controlar el temblor de mis manos, desde niña me considero una persona nerviosa, lo primero que siento es la electricidad de la adrenalina y seguido de eso mis manos empiezan a temblar como un pequeño chihuahua; por alguna razón, con Franz eso no estaba ocurriendo, estar con él se sentía extrañamente cómodo, como si hablara con un amigo de toda la vida.

—¿Viniste a exponer o solo acompañas a alguien? —me preguntó al instante.

—Acompaño a una amiga. ¿Conoces a Paris Lutece?

—¡Sí!, hasta hace un rato estaba hablando con ella. —Señaló detrás de sí con el pulgar de la mano izquierda—. Me comentó que esta era su primera exposición, estaba muy nerviosa, le dije que respirara un poco, parecía a punto de desmayarse.

—¿Es en serio? ¡Si hasta hace un rato me dijo que estaba bien!

—¿Quieres que vayamos a verla?

—¡Por favor! —respondí de inmediato.

No quería dejar a Paris sola, es el tipo de persona que tiene una actitud serena la mayor parte del tiempo, aunque eso no era aplicable en todas las situaciones, por desgracia ella era terrible para lidiar con el estrés, no es el tipo de persona que pueda soportar las situaciones sociales, sobre todo, esas en las que se encontraba rodeada de desconocidos, si me había apartado de ella era porque me había dicho que podía intentar soportar la presión, parecía que no había sido el caso.

Por un instante me sentí la peor amiga del mundo, ¿cómo pude dejarla sola durante tanto tiempo?

Ambos nos pusimos los zapatos del infierno y fuimos caminando, no sin dolor, hasta donde se encontraba Paris, allí estaba mi amiga que parecía controlar la situación mientras hablaba con dos chicos los cuales estaban grabando desde su celular, en la chaqueta del chico más alto se podía leer «The New Nerva Post».

Paris continuó hablando un poco nerviosa, yo estaba bastante orgullosa, ella me estaba demostrando lo valiente que estaba siendo afrontando la situación, en el pasado jamás habría podido hacer algo así, se habría encontrado sufriendo algún tipo de ataque ansioso; pero se estaba superando a sí misma. Invirtió unos minutos en hablar sobre la exposición, agradeció a los organizadores y, al final, le preguntaron sobre su pintura.

—Se llama «El Corazón de Solaris», es una ciudad de sueños que flota en el espacio, me decanté por el terreno de la fantasía a la hora de pintarla. Como pueden ver, en el centro está el palacio de la ciudad, las cadenas que la mantienen en el aire, las nubes galácticas que la protegen de la mirada de los extraños, y aquí está la escultura de la emperatriz, como modelo elegí a mi amiga Anna Gillespie, se las presento. —Paris se acercó y tomándome de la mano me presentó—. Ella es la modelo que pueden ver en estas dos porciones de la ciudad.

—Yo que decía que era demasiado linda para ser real —comentó Franz—. Parece que me equivoqué.

Mi rostro había enrojecido muchísimo, me sentí tan roja como un tomate. ¿Cómo se le ocurría hacerme eso? Quería devolverle el piropo, pero me sentía fuera de mi elemento.

Todos rieron, incluida Paris.

—Tiene el porte de una reina, no había forma de no escogerla —añadió Paris haciendo una ligera reverencia.

La entrevista prosiguió con normalidad y ambas nos tomamos una foto, en ella está Paris con su típica ropa negra, aquella noche vestía un suéter con cuello de tortuga, botas largas y una falda, todo del mismo color negro, mientras tanto yo era su opuesto, llevaba un vestido rojo, con un kimono de flores rosadas por encima y unos tacones blancos.

A pesar de los malos recuerdos de aquella noche y de la tragedia que vino después, aún conservo esa foto como uno de los momentos lindos, antes de que todo empezara a arder.

Por suerte, aún no es la ocasión de hablar sobre el momento más traumático de mi vida. Cuando terminó la entrevista, nos despedimos de los periodistas y guiados por Paris nos dirigimos hasta una parte de la galería donde estaba exponiendo una chica con la que Paris había hecho amistad recientemente, yo no la había conocido hasta aquel momento, era una tal Abigail Davis.

Ella era una chica morena, un tanto bajita, vestida de color amarillo y con el cabello muy corto, su apariencia era la de una estudiante de artes muy moderna.

—¿Te entrevistaron? —preguntó Abigail, con un tono de voz aguda que me sorprendió bastante.

—¡Sí! —respondió Paris muy apenada—. Te lo juro, solo podía pensar en: «Ojalá me trague la tierra», pero sobreviví, eso es lo importante.

—¡Eres adorable!

Paris se sonrojó, luego nos presentó.

—Abi, ellos son Anna y Franz.

Luego de presentarnos se dio ese engorroso momento que se suscita en todas las conversaciones en las que un grupo de desconocidos se ven en la imperiosa necesidad de socializar, el silencio fue muy incómodo, por unos segundos pensé que la conversación se extinguiría y cada quien volvería a lo suyo. Franz no pareció compartir la misma opinión y empezó a preguntarle a Abi sobre su pintura.

—¿Te gusta? —preguntó ella algo entusiasmada.

—Me intriga. ¿Quién es la chica saliendo del agua?

No había caído en cuenta de que hubiera una chica saliendo del agua, cuando empecé a analizar la pintura que estaba frente a mí noté dos cosas, la primera fue que el cuadro era gigante, rara vez había visto un lienzo de esas dimensiones, parecía un mural. La segunda fue el nivel de detalle que tenía la pintura. En esos momentos me sentí que estaba rodeada de gente talentosa y no pude evitar sentirme un poco inepta por no poder hacer nada similar.

El cuadro lo puedo describir con minuciosidad porque lo vi en repetidas ocasiones. Lamentablemente, para Abi, el cuadro no se había logrado vender, mientras que los de Paris y el de Franz se vendieron el mismo día de la exposición. Supongo que las dimensiones eran excesivas para la sala de cualquier casa o para algún consultorio.

La pintura mostraba en primer plano el paisaje de un parque rodeado de centenares de flores, había valerianas de color amarillo y rojo, el loto azul de Egipto había sido coloreado con un brillo de neón y las flores se podían ver en cientos de colores, muy variados los unos de los otros, desde el naranja hasta el morado más intenso, también se veían hojas de menta que brillaban a la luz de la luna con un resplandor casi fosforescente y, finalmente, romaza roja, pero con sus venas coloreadas de naranja. En el centro de la pintura se podía apreciar un lago, este resplandecía a la luz de la luna, con un destello anaranjado en el fondo del agua, en el fondo podían verse edificios envueltos en enredaderas y, prestando mucha atención, se podía apreciar una pequeña silueta de color negro, esta tenía unos diminutos ojos de color naranja y sus pies estaban sumergidos en el agua, miraba a la tierra como si esperara poder pisar tierra firme, pero sin poder dar el primer paso.

—¿Ella? —Abi permaneció pensativa por un instante, como si esperara que Franz reafirmara su pregunta—. Bueno, es un pequeño secreto que quería esconder en la pintura, pero supongo que ante un ojo experto como el tuyo resulta imposible esconder algo.

—No diría que tengo un ojo experto, de hecho, no pensé que

quisieras esconder el detalle más intrigante de toda tu pintura, al ver a la chica me sentí atraído a aquella mirada de fuego.

—Sí, la idea era esconderla. —Abi suspiró—. Pero supongo que esas técnicas aún no están reservadas para mí. En fin, eso que ves es «La chica de los ojos de fuego» y forma parte de un proyecto en el que estoy trabajando con unas amigas.

Franz permaneció en silencio, esperando que Abi contara más al respecto, pero él no iba a ser demasiado insistente con el tema y, por su parte, Abigail intentaba por todos los medios crear un aura de misterio sobre la chica, pero finalmente respondió.

—Formo parte de un grupo feminista y nos gusta la idea de intentar reivindicar la imagen de mujeres que han vivido eventos trágicos, todo esto es para concienciar sobre el maltrato a la mujer. —Seguido de esto bajo la voz—. Planeamos vender un libro explicando la vida de varias mujeres olvidadas por la historia y mi intención es vender un cuadro que tenga una historia oculta, eso disparará las ventas del libro e incrementará el valor de la pintura.

—¡Es fascinante! —exclamó Franz con un ademán de las manos—. La considero una lucha admirable y estoy seguro de que será un éxito.

—¿De verdad lo crees? —preguntó Abi con un intenso brillo en la mirada.

—¡Sí! Me parece muy innovador y realmente me interesa conocer la historia.

—Bien —cedió Abi con una sonrisa espléndida—. Voy a contarles la historia, pero no aquí. ¿Qué les parece si vamos a comer más tarde?

—¡Me encantaría! —respondió Paris con cierta emoción.

—¡A mí también! —añadí con una sonrisa.

—Yo conozco un lugar muy especial ¿Alguna vez han ido a Magnolia? —Franz soltó esta pregunta como si se tratara de un restaurante que se puede ir a visitar todos los fines de semana.

—¡Jamás!, está muy por encima de mis posibilidades —respondí de inmediato.

Al instante me sentí muy estúpida, ¿en serio había dicho eso?, ¿en qué diablos estaba pensando? Jamás he tenido dinero, ir a un restaurante como Magnolia destruiría por completo mi cuenta de ahorros, pero eso no lo debía saber Franz; sentí un sudor frío recorrer mi espina dorsal.

—No te preocupes por eso —respondió con su cálida sonrisa—, yo invito.

Lo primero que llamó mi atención al entrar en Magnolia fue la iluminación, me recordaba a un estadio por la cantidad de luz, sé que para muchos puede ser una tontería, pero la impresión que generan las luces en mí es algo difícil de explicar, es como si trascendiera a un nuevo plano de existencia, cuando entro en un lugar de esa categoría siento como si estuviera formando parte de algo muy especial. El restaurante tenía una decoración oriental que me resulta difícil de describir, estaba lleno de vida, con símbolos budistas en las paredes, había plantas de todos los tipos y un precioso estanque en la entrada, las formas y colores envolvían el ambiente, en el techo se podían ver unas decoraciones de bambú y a mis pies había tantas linternas que era incapaz de contarlas.

Luego estaban las luces rojas.

En un área de estilo más sobrio había unas hermosas luces rojas, parecían pétalos de rosas cayendo por las columnas del restaurante, eran incontables las luces que había en esa habitación y el olor de la comida era exquisita, se me hacía agua la boca, cada plato que tenía al lado era un mundo desconocido para mí, los comensales sonreían como niños al probar cada bocado. Puedo jurar que vi a alguien con lágrimas de felicidad en los ojos.

Si en ese momento me hubiera muerto podría decir que habría muerto en el paraíso, si no fuera por mi situación económica y por los desagradables recuerdos habría vuelto, pero estos son un torbellino en el que empiezo a acordarme de las luces rojas y al final solo termino rememorando el **fuego**.

—Creo que estoy en el cielo —dijo Paris con la boca abierta—. ¿Este lugar de verdad existe o solo estoy soñando?

—No lo creo —respondió Abi y luego añadió—. Para que fuera así ambas tendríamos que estar compartiendo el mismo sueño y dudo que eso sea posible.

Paris esbozó una delicada sonrisa.

—Este lugar es un sueño hecho realidad —comentó Franz—. Literal y figurativamente.

—¿Sí? —preguntó Abi.

—Sí —Franz señaló las luces rojas—. Todo este diseño fue hecho por Olivia Granado, fue su proyecto de tesis para diseño de interiores y gustó tanto que el chef Josuke Amano no pudo resistirse a la idea de incorporar el diseño, un año y tres meses después nació este restaurante. Nunca olvidaré la cara de felicidad de Olivia ese día.

—Pues sí que parece un sueño hecho realidad —respondí sosteniéndole la mirada—. ¿Vienes seguido?

—Solo cuando me acompaña gente que de verdad me interesa conocer —este comentario vino acompañado con un guiño de su ojo y luego desvió la mirada hacia el frente siguiendo a la anfitriona.

Paris y Abigail se miraron con un gesto de complicidad e intentaron disimular una sonrisa. Yo, por mi parte, sentía un calor burbujeante que se extendía desde mi pecho hasta mi rostro, ¿tenía este hombre algún defecto? Ningún hombre podía ser tan perfecto, tenía que tener algo malo, por mi mente pasaron varias cosas, primero pensé que debía de tener algo que compensar, por supuesto, después descubrí que no era así, luego pensé que debía de ser bipolar, pero tampoco lo era y al final pensé que debía de tener problemas de higiene, tampoco era eso.

Franz Muller fue durante esos momentos el hombre más intrigante que hubiera conocido, tal vez no por sus palabras, pero sí por su actitud, era una actitud que pocas veces he vuelto a ver en un hombre, una elegancia casi celestial, una picardía sutil, un carisma desbordante, él destacaba como una fogata en medio de la playa.

Me pregunté, ¿qué se sentiría descubrir ese calor?

Nos atendió una chica asiática, era muy delgada y de rostro afilado, bastante bajita, y recuerdo que su cabello me pareció muy lindo.

—Un gusto, mi nombre es Navy y yo los voy a atender esta noche. —La camarera desvió su mirada a Franz y sonrió—. ¡Franz! Tiempo sin verte, ¿cómo estás?

—Muy bien. —Se levantó y le dio un abrazo—. La verdad es que ha pasado mucho tiempo desde la última vez, ¿cómo estás? —Se detuvo un instante—, antes de que se me olvide, me encanta tu nuevo corte.

Navy sonrió y señaló su cabello.

—Me encuentro de maravilla, he tenido unos cuantos problemas para dormir, pero de resto todo va bien, y en cuanto al cabello, gracias, eres el primero que me dice que le gusta, nadie más notó el cambio.

—Es imposible no notar el cambio. —Entonces miró hacia la cocina—, ¿y tu hermano? ¿sigue en la cocina?

—¡Sí! Está trabajando esta noche. —Se miraron con un gesto de complicidad—. ¿*Omakase*?

—*Onegaishimasu* —respondió Franz con la felicidad de un niño.

Navy dio dos toques a su tableta, hizo una ligera reverencia y se dirigió a la cocina.

—¿*Omakase*? —preguntó Abigail un tanto confundida.

—Es «ponerse en las manos del chef», significa que el chef va a decidir qué comeremos y, además, va a cobrar según su propio criterio —respondió Paris casi como si leyera del diccionario.

Eso último me dejó un poco inquieta, pero preferí no comentar al respecto.

Unos minutos más tarde Navy se acercó y sirvió cuatro galletas de la fortuna; en esta ocasión fui yo quien preguntó:

—¿Galletas de la fortuna? Pensé que solo las servían en restaurantes chinos.

—En realidad, las galletas de la fortuna nacieron en San

Francisco, precisamente en el Japanese Tea Garden, en el parque Golden Gate —respondió Paris de inmediato como si se hubiera memorizado todos los detalles curiosos sobre la gastronomia oriental.

—Es un detalle, lo eligieron para homenajear ese restaurante —respondió Franz levantando su galleta para abrirla.

—Abi, ¿cuándo tienes pensado contarnos la historia? —preguntó Franz como quien no quiere la cosa.

—Después de comer.

Yo abrí mi galleta de la fortuna, siempre me ha encantado leerlas, sé que son impresas en masa y que son incapaces de predecir algo, aun así, me gusta el aura de misticismo en las cosas más simples, pensaba con ingenuidad que tendría algún mensaje sobre el amor o sobre el destino, pero para mi sorpresa descubrí que el papel estaba en blanco.

—Nunca dejes de seguir tus sueños. —Leyó Paris.

—La esencia del trabajo es la energía concentrada; nunca te rindas. —Leyó Abigail.

—Si ves el humo, el fuego está cerca. —Leyó Franz.

Todos me miraron, y yo les expliqué que mi galleta no tenía mensaje, Franz y Abi insistieron en que pidiera otra, pero no me provocó pedirla, sentí que no sería mi fortuna, ya en ese punto prefería el misterio del papel en blanco.

La entrada, llamada *kaiseki*, era un festival de color, la mesa estaba repleta de platillos que yo no conocía y estos eran muy diversos. Según Franz, lo que estaba probando yo se llamaba *mushimono*, era un pequeño plato hondo con huevo cocido, camarones y huevos de pescado, estaba presentado en un pequeño plato con dibujos de flores que, de acuerdo con lo que contaba Franz, cada plato estaba hecho por un artesano para que nunca hubiera uno igual al anterior a pesar de tener ciertas similitudes, sobre todo, porque todos estaban decorados con color rojo. Paris comió *yakimono*, carne cortada en rodajas con vegetales salteados, el olor era algo muy especial. A Abigail se le sirvió de un plato llamado *futamono*, admito que me dio lástima ver como se lo comía, daba la impresión de ser una pequeña obra de arte en un plato muy pequeño. El platillo de Franz era algo llamado *otsukuri* y era impresionante, uno podía perder la mirada en el mundo que se construía en aquel plato de madera, tenía árboles sembrados sobre el pescado y podrías deslizarte en las rodajas de limón para caer en la cola del pez, los trozos de zanahoria tenían la forma de resortes creando una sensación de vivacidad que pocos podrían replicar y el pescado olía delicioso.

No hablamos mucho durante la comida, porque cada nuevo plato consumía toda nuestra atención, yo solo podía pensar en lo afortunada que debía de ser la esposa del chef, que alguien te cocine así debe ser todo un privilegio.

A la mitad de mi segundo plato se acercó un hombre de expresión cálida, un tanto bajito y con unos ojos muy negros, se presentó como Chén y era el hermano de Navy. Nos saludó a todos y mantuvo una corta conversación con Franz, Abi no pudo resistirse.

—¿Cómo aprendiste a cocinar así? En serio, esto es mágico. El chef sonrió.

—Estudié en el Instituto Culinario de América y luego de

eso en Le Cordon Bleu Tokyo, fue en este último donde Franz y yo nos conocimos.

—¡Buenos tiempos! —añadió Franz, levantando su copa de sake.

—¿Sabes cocinar? —pregunté, tras poner los palillos sobre la mesa.

—Sí —comentó Chén—. Ambos cursamos juntos.

—También estuvimos juntos en un taller sobre wagashi, pero en aquel entonces no nos conocíamos.

—Sí, fue toda una sorpresa, luego fuimos juntos a clases de repostería, Franz tiene un gran don con los dulces —declaró Chén, dándole una palmada en la espalda.

—¿También sabes repostería? —pregunté con los ojos desorbitados, en mi mente solo podía pensar en que algo malo tenía que tener ese hombre, ¿era posible que fuera tan perfecto?

—¿Que si sabe? —Chén hizo esta pregunta retórica como si fuera lo más ridículo que hubiera escuchado nunca—. Le preguntaron en el instituto si le interesaba enseñar.

—Tuve que declinar la oferta, no soy un buen profesor —confesó de inmediato—. Me gusta la repostería, pero la veo más como un *hobby*.

—Un desperdicio —opinó Chén con cara de tragedia—. Sabes que si algún día te cansas de pintar puedes venir a trabajar conmigo aquí al restaurante, ¿no es así?

—Dudo que me canse, pero lo tendré en cuenta.

Chén y Navy se fueron, terminamos de comer y, finalmente Abi se aclaró la garganta.

—Bien, creo que llegó el momento.

Miré mi plato vacío con una sensación de pesar en el corazón, no quería que la comida se terminara, pero ya era tarde, cada instante que pasaba nos acercábamos al final de esa noche.

—Les voy a contar la historia de Innes Gautier.

Sentía el sonido de las agujas del reloj que se acercaban poco a poco a la media noche.

—La chica de los ojos de fuego.

Y al sonar la campana empezó el incendio.

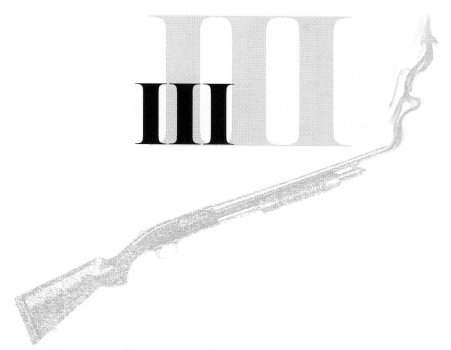

Voy a ponerlos en situación.

Estamos en 1972, el presidente Richard Nixon vuelve a ganar las elecciones, el canal de televisión HBO transmite por primera vez, se da el último alunizaje con el Apolo 17 y son rescatados los supervivientes de la tragedia de los Andes.

Aquel año pasaron tantas cosas que es fácil olvidar a las personas que cambiaron el mundo, Innes Gautier fue una de esas personas, una demócrata a ultranza, una mujer de sangre ardiente, llena de poder y con la voluntad para lograr cosas con las que la mayoría de nosotros solo podríamos soñar. Ella fue la sensación de los juegos olímpicos de verano en aquel año.

Estamos hablando de que ella volvió de Alemania con otros 399 participantes como una CAMPEONA. Desde niña había sido parte del agua, nadaba con una velocidad de vértigo, sus amigos recuerdan cómo, en un instante ella, estando de un lado de la piscina, sin darse cuenta, ya estaba en la otra orilla, la velocidad corría por sus venas, pero no solo era una experta en natación, también era una clavadista con una agilidad increíble, una arquera con ojos de halcón y la velocidad que corría por sus venas se extendía a los cien metros planos, estaba llena de vida.

Todo lo que hacía tenía un sello de vitalidad y existe un cortometraje en el cual alguien le lanzaba una flecha y ella, en vez de esquivarla, la tomó con la mano ¡desnuda!

Demonios, ella había salido en la portada de la revista TIME, era una mujer asombrosa.

Por supuesto, con el talento vienen ciertas manías. Creo que no se puede hablar de ningún genio que no tenga algo de locura en su persona, Leonardo da Vinci podría haber tenido trastorno por déficit de atención con hiperactividad, Edgar Allan Poe pensaba que tras escribir Eureka no podría volver a escribir nada más, John Belushi tenía una severa adicción a las drogas e Innes Gautier era una adicta al trabajo.

Para ella no había un límite, no los entendía, no entendía que debía detenerse en algún momento, su cuerpo era incansable, había llegado a ser tan competitiva que había aprendido ajedrez como si fuera Bobby Fisher solo para ganarle a unos rusos que conoció en las olimpiadas.

«No soy solo una cara bonita», fueron sus palabras, «yo vine a este mundo a ganar».

Después de esas palabras todo cambió para ella, la envidia empezó a nacer en las personas que la rodeaban. Es lógico, cuando una mujer ha destacado tanto en un mundo dominado por hombres, empieza a recibir el rechazo de todos quienes la envidian, y quienes más lo hacen son las mujeres. En la revista Domino Girls escribió la columnista Eleonore Goldsmith: «Por supuesto que tiene una medalla de oro, con algo tienen que entretenerse las mujeres solitarias» y la entrevistadora Katty Cohen comentó en su programa Morning Katty: «Con ese cuerpo de hombre no me sorprende que la hayan confundido con uno de ellos».

Sí, era denigrante. Como mujer se espera solidaridad, todas tenemos un deber vital de ayudarnos las unas a las otras para salir adelante. ¿Existe la necesidad de hacer comentarios de ese tipo? Como era de esperarse, Innes se sintió atacada por todos esos comentarios y siendo como era empezó a buscar soluciones para aquel problema. Para el año 1973 se había casado con Richard Straub.

Richard Straub, de cuarenta y tres años, era un famoso escritor de novelas de terror, las más conocidas son: Venenos dimensionales, El retrato de Katherine y La sombra sobre Nerva. Ese hombre fue lo peor que le pudo ocurrir a Innes, estaba desesperada por demostrarle al mundo que no era todo lo que esas zorras describían y Richard parecía un hombre razonable y culto..., pero solo lo parecía.

Lamentablemente, no lo era, Richard Straub era un maldito adicto a la heroína que tenía horribles ataques de ira, en los cuales ella se vio envuelta.

Innes se vio obligada a no ir a presentaciones y cuando aceptaba iba con lentes de sol, camisas de manga larga, e inclusive, se dice que una vez fue cojeando a una entrevista. Los vecinos recuerdan escuchar las peleas durante las noches y se lamentan de no haber ayudado cuando escucharon a Innes gritando de pavor, pero como es de esperarse hicieron nada. Innes vivió un maldito infierno con ese cerdo de Straub hasta que ocurrió la noche de no retorno.

Se dice que, para comienzos de los años ochenta, Straub le dio una paliza legendaria a Innes, ella estuvo muy cerca de perder un ojo, tuve la oportunidad de conocer al doctor que la atendió en aquella ocasión y estaba seguro de que ella había sido atacada con un mazo de cocina. Innes pasó meses en recuperación, recibió cirugía plástica y cuando le preguntaron: «¿Vas a denunciarlo?», ¿cuál creen ustedes que fue su respuesta?

«Lo necesito y él me necesita», respondió nerviosa. «Él me ama, siempre me lo dice y yo no quiero estar sola».

—¡Qué hijo de puta! —comenté con rabia.

¡Maldito sea! ¿Cómo puede ser posible que una mujer quede tan alienada de la realidad como para creer que la violencia es amor? Ella podía ser más que eso, pero sin terapia, sin defensas emocionales y sin una mejor percepción de sí misma, estaba condenada a ver cómo su carrera se iba hundiendo poco a poco, iba siendo olvidada y ya no tenía manera de competir, Así fue como un maldito enfermo mental terminó orillando a una talentosa mujer a una vida mediocre e indigna.

¿Vale la pena casarse solamente para no estar sola?, ¿por qué insisten en hacerle creer a las mujeres que necesitan formar parte de una relación para ser felices? Nuestra cultura está construida sobre la base de la misoginia, por ejemplo, citando a Kant él dice: «La virtud de una mujer es una virtud bella. La del sexo masculino debe ser una virtud noble».

El amor no es llenar un vacío, el amor es algo mucho más puro, bello, complejo, son dos fuerzas que se unen para tener una mayor voluntad de poder, algo que hace a la pareja invencible. Cuando uno de los dos está vacío solo se hunden más y más hasta llegar al abismo. Es como si se hubiera romanizado la idea de que las mujeres somos las enfermeras emocionales de los hombres y si cocina, lava la ropa y es buena en la cama todavía mejor. En fin, me desvié, pero no deja de darme rabia.

Innes volvió a casa, ¿y qué creen ustedes que encontró?

Resulta ser que Richard Straub estaba acostándose con otra mujer, Innes los encontró durmiendo el uno al lado del otro, abrazados con un afecto que no pudo ser menos que despreciable. Innes fue al garaje, tomó la escopeta de cacería de Richard, la misma con la que él la había amenazado en una ocasión, y se la amarró al cuerpo con la correa de caza. Luego fue a la cocina, puso a hervir agua sin que ninguno de los dos la oyera, fue hasta la habitación donde ambos dormían, sostenía el caldero de agua hirviendo mientras entraba en la habitación y cuando se sintió preparada, lanzó el agua sobre ambos, el grito de la pareja fue espantoso.

—Muy bien hijo de puta, ¿estás despierto ahora? —dijo Innes con cara de asesina y la mirada ardiendo de odio.

—¿QUÉ TE PASA, MALDITA LOCA? —gritó Richard.

—¿Yo, LOCA? ¡Sí, estoy loca, estoy malditamente loca, loca de ira, loca de ganas de matarte Richard, yo toleré tanto de ti, yo te amaba, soporté los golpes, soporté los insultos! ¿Pero esto? Esto no lo soporto. ¿Es que acaso no soy lo suficientemente buena para ti, bastardo? —respondió Innes y luego le escupió en la cara.

—¡Maldita sea! ¿QUÉ MIERDA TE PASA? Deja que te ponga las manos encima —respondió Richard con el rostro quemado por el agua hirviendo.

La mujer a su lado lloraba, hiperventilaba y con seguridad hasta se había cagado del susto.

—¿Cuál mano Richard, la zurda, la de escribir? —preguntó Innes cuando, entonces, apuntó hacia su mano izquierda y disparó la escopeta.

¡BANG!

La mano salió disparada como un trapo y solo se sostenía del muñón por un pequeño hilo de carne. La chica gritaba, la sangre le había chispeado en el rostro, se puso las manos sobre la cara y de pronto se vio fijamente a los ojos con Innes. Richard se retorcía de dolor, tenía la cara quemada, la mano amputada y los ojos inyectados en sangre.

La chica dejó de hiperventilar y dijo:

—Él, él, él me violó. —Agitaba violentamente la cabeza—. Yo no quería. Pero me dijo que me mataría, me drogó. ¡Lo juro!

Innes la miró con cara de incredulidad.

—¿Tú crees que soy estúpida? ¿Crees que no los vi durmiendo bastante a gusto el uno al lado del otro? —preguntó Innes—. ¿Tienes la mínima idea de lo que es ser violada? En nuestra luna de miel yo le supliqué que fuera gentil, ¿sabes cómo me trató? ¡Como a una puta! —Pisó con agresividad el suelo—. Me dejó tirada como si fuera un condón. ¿Tienes idea de lo horrible que es perder la virginidad de esa manera?

—¡Yo... yo... Por favor no me mates, te lo suplico, ¡él me manipuló! —insistió la chica aún en lágrimas.

—Maldita traidora. ¿Quieres saber la verdad, querida esposa? Llevo acostándome con ella desde hace años. ¡En cada viaje de negocios! Ella es mi editora, Linda —respondió Richard con un gesto de complacencia en el rostro—. Si muero te vienes conmigo, Linda.

Linda tenía una expresión de horror que resultaba indescriptible.

—No, Richard, no te voy a dar el gusto —respondió Innes, luego miró a Linda—. ¡Lárgate!

Linda se movió un poco, pero no terminó de decidirse. Innes disparó al techo.

—¡LÁRGATE! —gritó mientras escombros caían del techo.

Linda salió cubierta con las sábanas llenas de la sangre de Richard. Fue Linda quien me contó todo esto, fue muy difícil convencerla, pero ella siente que tiene culpa por cómo terminó todo, ella quería contar la verdad.

El final es muy vago, sabemos que Innes disparó al menos en siete ocasiones con la escopeta de repetición. Richard fue reconocido por Linda como la víctima y, por desgracia para la policía, no había nada con qué identificarlo, su rostro era una masa de músculo calcinado. Él murió al tercer disparo, pero Innes hizo varias cosas en aquellos momentos antes de entrar en la habitación matrimonial, abrió el gas de la cocina, llenó toda la casa de gas natural, se tomó unas cuarenta pastillas para dormir y, después de volarle la cabeza a Richard, abrió la bañera y se metió en el agua.

Innes murió mucho antes del incendio, se ahogó en la bañera debido a las pastillas, aunque fue difícil determinar la causa, porque su cuerpo estaba calcinado al igual que el de Richard. El gas natural entró en contacto con una vela en la habitación matrimonial y la casa ardió. Los cadáveres de Innes y Richard fueron recuperados en un estado de deterioro difícil de creer, los músculos se habían achicharrado y la piel estaba hecha jirones, recordaba de una forma bastante retorcida a la piel que tiene el pollo cuando se pasa de cocción, debajo de la piel podían verse los coágulos de sangre y en ciertas secciones de ambos cuerpos se había caído toda la carne dejando al descubierto huesos carbonizados. El cadáver de Innes era el mas repulsivo porque ella no había ardido igual que Richard, ella estaba en la bañera y la carne de su cuerpo se había desprendido poco a poco del hueso, tal y como la carne de una res se desprende del hueso en una sopa, Richard estaba achicharrado con muchas secciones faltantes en su cuerpo por los disparos de la escopeta recibidos horas antes, prefiero no describir más de los cadáveres por el tipo de lugar en el que estamos, solo puedo afirmar que ver las fotos fue de las cosas más desagradables que he hecho nunca.

Linda prestó declaración y desapareció de la vida pública para siempre, hasta que la encontramos hace unos meses y le pedimos una entrevista.

Ahora se preguntarán, ¿qué tiene que ver el lago con la historia de Innes?

Linda nos contó que había tenido sueños recurrentes en los cuales podía ver a Innes mirándola desde la bañera y cuando iba a un lago, en sus sueños, podía verla mirándola desde debajo del agua. Era irreconocible en las primeras ocasiones, pero su ardiente mirada era fácil de identificar, era un alma alimentada de un odio asesino, Linda recuerda desviar su mirada al fondo del lago donde podía ver cómo las manos de Richard buscaban escapar del poder de Innes. En la pintura, Innes está en el borde del lago porque va en búsqueda de su libertad, mientras que Richard arde en el infierno personal creado en el lago, un infierno solo para él y para hombres como él.

IV

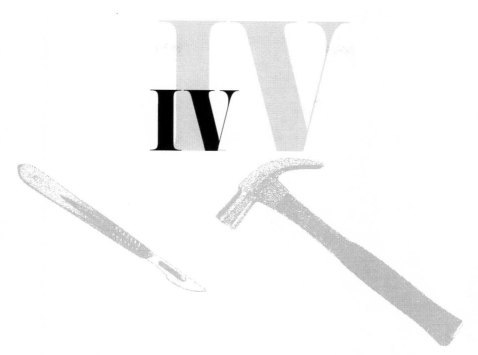

—¡Vaya! —dijo Franz con la boca abierta—. Pero, y me vas a disculpar que te haga esta pregunta. —Se le notaba un poco apenado—. ¿Todo eso ocurrió de verdad?

—Sí —afirmó Abi—. Es una versión dramatizada, por supuesto, pero todo aquello ocurrió de verdad.

—Qué horrible que todo eso le pasara a ella —añadió Paris—. Es indigno, ¿es que nadie era capaz de ayudarla?

—Es complejo —expuse—. Sí le ofrecieron ayudarla, pero ella tenía síndrome de Estocolmo y rechazó la ayuda —suspiré—. Llegado a ese punto creo que no era posible hacer algo por ella.

—Al menos se la cobró a Straub —comentó Paris con algo de satisfacción—. Me daría asco que él siguiera tan campante por las calles después de todo lo que le hizo a Innes.

—Por mi parte, lo único que me da lástima es que ella se suicidara —Abi sorbió del vino—. Ella no se lo merecía.

—Ninguna mujer se merece algo así —manifestó Paris con un tono de voz que reflejaba su indignación—. La verdad es que no lo entiendo ¿qué orilla a un hombre a ser así de cruel?

—Sadismo —aseguré.

—Es por la fantasía del poder —sentenció Abi—. Es esa fantasía de tener a una mujer como tu esclava y poder hacer lo que se te antoje con ella, cuando tienen tanto control sobre ti, pierden los escrúpulos para hacerte daño. Ya no les preocupa qué es correcto y qué no lo es, después de perder los escrúpulos solo le temen a la ley.

—Opino lo mismo —reafirmó Paris—. Si las leyes no existieran las personas dejarían salir lo peor de sí mismas, el único motivo por el cual un sádico no viola y tortura como le gustaría es porque le teme a las represalias de la ley, en un mundo sin ley nadie está a salvo. Piénsenlo por un momento, ¿qué detiene a un grupo de siete hombres de violar a una chica en la calle si no es el miedo al castigo?

—¡Tiene sentido! —añadí—. La verdad eso explica por qué un grupo de ebrios sería capaz de hacerlo, el alcohol es un inhibidor y, como es capaz de inhibir el sentido del peligro, permite que la gente libere sus más profundas fantasías, no le temen a la ley ni a las represalias.

—Es irónico pensar que el único motivo por el que muchos sádicos están a raya es porque le temen al castigo —opinó Abi, que ya se había terminado el vino—. ¿Es que acaso no tienen la valentía de desenfrenarse y asumir las consecuencias? Es patético.

—No y nunca han tenido esa valentía —declaré con un tono altivo que rara vez tiendo a usar—. La historia humana es muy clara al respecto, el mundo era caótico y sin ley, entonces los hombres civilizados crearon tres bases para mantener a la civilización a raya, el poder de los reyes para imponer su voluntad, la ley para determinar quién tiene razón en una disputa y la religión para crear una guía de principios morales que, de no ser seguidos, conlleva a un castigo: «No matarás y si lo haces recibirás el castigo eterno», de esa forma controlaban a la población, si alguien desobedecía era castigado para evitar la autodestrucción de la sociedad.

—¿En resumidas cuentas lo que impide que la gente se vuelva loca es el miedo al castigo? —preguntó Franz mirándonos con donaire—. Eso es tener muy poca fe en la humanidad.

—Yo la perdí hace mucho —comentó Paris con un tono derrotista que yo conocía muy bien.

—¿Fe en la humanidad?, ¿eso se come? —dijo Abi con una sonrisa de incredulidad.

—Bueno, no todos deben ser así —objeté intentando no sonar demasiado pesimista—. Es imposible que todas las personas sean así, yo creo que hablamos solo de un sector, no es algo que se pueda generalizar.

Paris no pareció muy convencida.

—Sí, si ese fuera el caso la humanidad no habría podido prosperar y salir de la barbarie —finalizó Abi y seguido de eso vio su reloj—. ¡Mira la hora!

—¡Tengo que volver a casa! —dijo Paris al ver su reloj—. Mañana tengo que trabajar temprano. —En su rostro se dibujó una expresión de fastidio.

Abi levantó la mano haciéndole un gesto a Navy.

—No te preocupes por llamarla —comentó Franz con una sonrisa—, yo pago esta noche, además, voy a tomarme otro trago.

—¡No te voy a dejar pagar todo! —respondió Abi, quien metió su mano en la cartera y sacó cien dólares—. Es todo lo que tengo en efectivo.

—No tienes de qué preocuparte —aseguró Franz, luego miró a Paris que también revisaba su cartera—, y tú tampoco, para la próxima invitan ustedes.

—No podría... —comenzó a decir Abi.

—No, no te preocupes —volvió a insistir Franz interrumpiéndola—, yo invito.

Ambas chicas se miraron apenadas y Franz asintió, entonces nos empezamos a despedir entre todos.

—¿Vienes? —Me preguntó Paris.

—No —le respondí—, la verdad es que me encantaría otro trago.

Abi se sonrió por lo bajo y Paris alzó las cejas.

—¡Está bien! —declaró Paris con un tono de diversión en la voz—, nos vemos mañana.

—¡Que se diviertan! —dijo Abi antes de irse.

Fue en ese momento cuando nos quedamos solos.

—Es una historia espeluznante —comenté para intentar romper el hielo, muy en el fondo no tenía ni idea de qué estaba haciendo.

—Sí, es una historia digna de una película de horror —comentó Franz levantando la mano hacia la camarera—. ¿Qué te gustaría tomar?

—¡Algo fuerte! No sé, sorpréndeme.

Y vaya que me sorprendió.

—¿Te gusta el tequila? —me preguntó señalando una botella en el menú de bebidas.

—Si supieras que no me gusta ni un poquito, me cae muy mal en el estómago ¿Qué otra cosa se te ocurre?

—Pienso que para no romper la tradición oriental deberíamos tomar esto —señaló con el dedo a una botella en el menú llamada «Shōchū»—. Es más fuerte que el vino y el sake, pero menos fuerte que el *whisky* ¿estás de acuerdo?

Asentí con la cabeza, y luego añadí:

—Nada muy costoso, no me gustaría abusar de tu billetera.

—No te preocupes —respondió haciendo un gesto de indiferencia con los hombros—. Es una ocasión especial.

—¿Por qué lo dices?

—Porque no todos los días se puede cenar con la mujer más bella del mundo.

Dios, estaba sucediendo, de verdad le gustaba, no era solo mi imaginación, yo le atraía. Al escucharlo empecé a sentir cómo mi adrenalina iba en aumento.

El tiempo avanzó de una forma muy extraña. Sentí que fluía de una forma suave y sosegada, dando espacio a platicar sobre toda clase de tópicos, empezamos con tonterías muy básicas del tipo «¿Cuál es tu libro favorito?».

—Bueno... mi libro favorito es un clásico, me encanta *Frankenstein*, lo leí cuando era solo un adolescente y me cambió la vida en más de un sentido. Confieso que sentí una afinidad muy intensa con el «monstruo». ¡Era como verme frente a un espejo!

Advertí en sus diálogos una expresión de mis sentimientos más ocultos, fue con ese libro cuando entendí que yo era una persona diferente; que no era como los demás —Franz hablaba con mucho entusiasmo y me hizo querer leer aquel libro, la forma en que se expresaba era muy genuina—. ¿Y el tuyo?

—Creo que el único libro que he podido terminar debe ser *La casa de los espíritus*. Paris me lo prestó y sin muchas ganas lo empecé a leer, te atrapa al instante, una vez empiezas no puedes dejar de leerlo, es una historia trágica, pero a la vez muy cautivadora.

Una vez terminada esa parte tan genérica de la conversación empezamos a saltar a cosas mucho más interesantes, hablamos de nuestras ambiciones y de nuestros temores.

—¡Quiero viajar! —exclamé con mucha emoción—. Hay dos lugares que quiero conocer, el primero es la estación de *King's Cross*. Me fascina la idea de visitar Londres y pasarme por allí, luego iría a el *Shinkansen*; es una vía ferroviaria que atraviesa casi todo Japón, ¿Puedes creerlo?

—Te creo, yo me subí en él, es muy rápido, de hecho da un poco de miedo, me recuerda a las montañas rusas — añadió Franz un poco apenado.

—¿En serio? —pregunté sorprendida.

—Si —asintió Franz con una expresión de vergüenza en el rostro.

—Para mí es todo lo contrario. ¡Me encantan las montañas rusas! —por fin estaba en mi elemento—. Me gustan mucho los trenes y las montañas rusas, me parece que son algo por lo que vale la pena viajar, no sé, te pregunto: ¿puedes decir que has visitado Londres si nunca te has subido al metro? O ¿puedes decir que has visitado Orlando sin haberte subido a las montañas rusas de los parques? Yo creo que no.

—Creo que entonces nunca he visitado Orlando, pues me he pasado toda la vida huyendo de esas atracciones. La única vez que subí a una acabé vomitando el desayuno de aquella mañana y el de tres días antes —respondió mientras su rostro iba tornándose tan rojo como un tomate y luego de un respiro profundo, intento corregirse y su rostro recuperó la calidez—. ¡Que tonterías digo!, no debería estar mencionando esas cosas.

—¿Quieres esconder el hecho de que tienes un estómago sensible? Descuida, tu secreto está a salvo conmigo. Yo también tengo un estómago sensible, aunque por otros motivos, más que nada por los nervios —esto lo comenté con ligereza y sin darle demasiada importancia— soporto muy bien los viajes en montaña rusa, a tal punto que una vez el viaje tuvo que detenerse por una emergencia y terminamos quedando de cabeza como por cinco minutos, durante la espera no sentí la más mínima ansiedad.

—Si me pasara algo así estoy seguro de que acabaría desmayando.

—No es la gran cosa, creo que me daría mucho más miedo quedarme encerrada en una habitación sola y sin salida, esa es mi pesadilla más recurrente —añadí mientras jugaba con mi copa de «Shōchū».

Saltamos a otros temas, hablamos de la vida escolar, en la que ambos compartíamos una vida amorosa bastante patética. Caminamos por el terreno de las historias divertidas. Ya en este punto habíamos bebido lo suficiente para dejar de sentir vergüenza.

—Una vez en el zoológico no se me ocurrió una mejor idea que ir y escupir a una llama —empezó a decir Franz entre risas.

—¿Escupir a una llama? ¡¿Porqué?! —exclamé también riéndome a carcajadas.

—No lo sé, me pareció gracioso, en fin, voy y le escupo, entonces el animal me puso una expresión que no me gustó y salí corriendo. Un hombre que se encontraba detrás de mí se queda inmóvil mirando a la llama y la muy vengativa ¿sabes qué hizo? Le ha escupido en todo el rostro —ya en este punto se desternillaba de risa—.

Yo, sin pretenderlo, me reía casi tanto como él, por un segundo se nos quedaron mirando y tras contener la risa un instante volvimos a estallar en carcajadas.

Creo que hablamos un poco de todo aquella noche, describió a su familia, su casa en Nueva York, me contó de sus viajes por el extranjero, y sobre lo que era vivir en Miami. Por mi parte, hablé de las clases de *ballet*, narré con lujo de detalle mis viajes a Texas, le presumí mi innato talento para imitar voces del cual nos pudimos reír durante un rato bastante largo, sobre todo de la voz de «Mickey Mouse» y le pregunté por su pasado.

— Si tuvieras una máquina del tiempo, ¿a que época de tu pasado te gustaría viajar?

—Regresaría a mis siete años, cuando fui con mis padres a Yellowstone por primera vez —Franz respondió al instante, su rostro era de ensueño.

—¿Por qué? —le pregunté inclinándome hacia él.

—Veras, fue en Yellowstone donde conocí lo que era la verdadera paz, fue como entrar en una burbuja donde no existían ni los problemas, ni las preocupaciones, Recuerdo que en este lugar no escuché discusiones entre mis padres, ni nadie estuvo pendiente de cómo iba el negocio familiar, y creo que Yellowstone fue el único momento que puedo recordar en el que mi padre no me regañó por algo. Ese momento fue una realidad distinta, llena de paz y armonía, supongo que si en algún momento tuviera hijos los llevaría a Yellowstone solo para volver a sentir esa paz... y si tuviera que ir al pasado creo que sería ese el momento que volvería a disfrutar con mayor intensidad —se detuvo para dar otro sorbo al Shōchū —. ¿Y tú? ¿A qué época irías?

Permanecí pensativa por un instante, todo lo que había dicho me había conmovido hasta dejarme sin palabras. Después de unos escasos segundos —que se hicieron eternos en mi cabeza—, pude responder.

—¡A cualquier semana antes de Navidad! Recuerdo con cariño cuando mi mamá y yo solíamos escaparnos después de mis clases de *ballet* a comer helados. ¿Cómo olvidar esos conos de cinco pisos? Aunque siempre terminábamos comiendo el helado en un plato porque yo tenía manos temblorosas.

—¿Y sigues teniéndolas?

—A veces —respondí—. El problema es que siempre he sido una chica nerviosa y sufro de muchísima ansiedad al hablar en público, cuando me tocaba dar exposiciones tomaba calmantes para no llorar de la frustración y el miedo.

—No puedo creerlo, pero si pareces superconfiada.

—Si supieras que no, esto que ves no es lo común, jamás en mi vida me verías hablando con un chico como tú, en realidad no tengo ni idea de cómo hemos llegado a este punto. Agradezco que sepas hablar porque yo no sé qué decir la mitad de las ocasiones —tomé aire—. En otras circunstancias no sabría qué hacer, sentiría una horrible presión en el pecho, pensaría como todo puede salir mal, sin embargo, eso no me ocurre contigo. Tú me haces sentir muy cómoda, cuando la yema de tus dedos rosa mi mano me siento de la misma forma en que tú me hablas de Yellowstone, como si nada pudiera salir mal.

—¿De verdad lo crees? —me preguntó con un gesto de genuina curiosidad.

—Sí —respondí con tono pausado—, eres especial, Franz. Jamas en mi vida había conocido a alguien como tú.

—Yo me siento de la misma forma —respondió con su sonrisa seductora—. Desde la manera en que nos conocimos, pasando por todo lo que compartimos y lo bien que me siento al hablar contigo, es como si el destino hubiera decidido que esto era lo correcto, no sé el por qué me siento como me siento, lo único que entiendo con certeza es que estábamos destinados a conocernos en algún punto.

—Si —afirmé con la cabeza—. Esto no puede ser una coincidencia.

Entonces me dirigí a su oído y le dije unas cuantas cosas que no quería que más nadie supiera, puse mi mano sobre su rodilla y cuando nuestras miradas se encontraron, sentí una chispa recorrer todo mi cuerpo. Me acerqué con sutileza a su rostro y él me besó, fue un beso lento, suave y apasionado, su mano me acariciaba la espalda y me acercaba más a él. Mientras mordía mis labios, besó mi rostro y fue besándolo poco a poco hasta llegar a mi cuello. Lo tomé de la camisa y sentí cómo se me escapaba el aliento.

—Esto ha escalado muy rápido —comentó, mirándome a los ojos.

—Me alegra, porque quiero ir a la cima esta noche —respondí antes de darle otro beso.

Llamamos a Navy, y Franz pagó la cuenta. «Tantos ceros», fue lo que pensé mientras él pagaba sin ni siquiera darle importancia, «tiene que ser millonario, no existe otra explicación».

—Voy a pedir el Uber, dame un momento —me dijo mientras escribía desde su celular.

El Uber tardaría unos quince minutos en llegar y yo me sentía en un punto medio entre la ansiedad y el miedo, ese miedo de que puedas hacer o decir algo que le desagrade a la otra persona, ese nerviosismo de que todo acabe mal o de que no fuera mi culpa y que, tras acabar, él me dejara de lado, no me sentía tan ebria como para no pensar de forma racional. Sí, estaba emocionada, pero soy muy nerviosa y no existe un momento en el que no esté reflexionando todo y, a pesar de que le hacía caricias camino a su departamento, sentía cómo mis manos volvían a temblar.

Miraba en dirección de su ventana, viendo las calles, siguiendo el recorrido y orientándome hacia donde Franz vivía, reconocí varios edificios, vi la farmacia en la intersección y por fin vi el edificio de Brickell que tiene ladrillos llenos de colores, nunca logro recordar el nombre de ese edificio.

Durante el viaje, recuerdo poner mi mano sobre su pierna e ir subiéndola poco a poco, tanteaba el terreno, en esos momentos deseaba saber ¿que tan permisivo seria? Al instante puso su mano sobre la mía y empezó a acariciarla, seguido de esto se acercó a mi cuello y me dio un beso lento que me hizo sentir el calor de la fogata en la playa. Volvía a sentir la sensación burbujeante que salía de mi pecho y que ahora se había extendido a todo mi cuerpo, en ese momento supe que haría todo lo que él me pidiera.

Estaba aturdida, disfrutaba de sus besos y caricias mientras veía los edificios pasar por la ventana del auto. Su calor era reconfortante. Llegamos a su departamento mucho antes de lo que yo esperaba, imaginaba un viaje mucho mas largo. Me encantaba estar en sus brazos y sentir su afecto.

Franz pagó el Uber y pensé que me estaba aprovechando de él, insistí en pagar, pero me dijo que no tenía necesidad, que la próxima vez yo pagaba, asentí, no quería darle más importancia al asunto. Entonces entramos al edificio, la recepción era tan bella como el restaurante, pero no me detuve a mirar los muebles, llegamos al ascensor y cuando entramos en él Franz tiró de mi mano y me besó de la forma más apasionada que yo hubiera podido soñar, besó mi pecho, volvió a mi cuello y sentí su mano deslizándose por mi pierna, las yemas de sus dedos se deslizaban electrificando mi cuerpo. Nos vimos a los ojos y el ascensor se abrió. Salimos riendo del ascensor y fuimos por el pasillo un tanto apurados, la puerta de su casa era electrónica, al tocar su teléfono celular esta se abrió y entramos en el departamento más grande que yo hubiera visto nunca.

Me tomó de la cintura y me recostó contra la pared.

—Te adoro —susurró con una voz ronca.

—Y yo a ti.

—Quiero que seas mía.

—Hazme tuya. Te lo suplico, hazme tuya.

Volvió a besarme mientras me quitaba el kimono, tenía mis ojos cerrados en ese momento, sentí la prenda caer al suelo, abrí los ojos y empecé a quitarle la camisa, solté los dos primeros botones y luego él empezó a desvestirse, sus hombros eran hermosos y su pecho era exactamente como lo había imaginado, empecé a besar su pecho, poco a poco, luego lo besé en el cuello y él soltó un ligero gemido. Mi mano empezó a descender, pasó por su pecho, sintió sus abdominales y cuando llegué al final me llevé una muy grata sorpresa.

—¿Te gusta? —le pregunté al oído.

—¡Me encanta! —respondió mientras sentía su aliento—. No te detengas.

Agité mi mano un poco más fuerte. Y sentí como se retorcía de placer. Él se acercó de nuevo a mi oído y dijo:

—Sígueme.

Caminamos por el departamento, vi de reojo la cocina y me sorprendió que un hombre heterosexual tuviera una cocina tan ordenada, luego pasamos al lado de varias pinturas cubiertas, abrió la puerta de su habitación y hubo dos cosas que me llamaron la atención, el gigantesco espejo en la pared de la derecha y lo inmensa que era la cama, él siguió desvistiéndose y yo me fui quitando el vestido, ambos estábamos en ropa interior y él me veía como si yo fuera una diosa, se mordía el labio y se acercó a besarme de nuevo.

Me habló al oído y yo empecé a seguir sus órdenes, me recosté en la cama levantando el trasero y el me dio una fuerte nalgada.

—Más fuerte —le supliqué —, por favor, más fuerte.

Sentí el golpe y de inmediato agarré las sábanas para morderlas, se tomaba su tiempo para darme cada una, pero cuando llegaban sentía una sensación eléctrica cada vez que me tocaba.

—Me gustaría enseñarte algo. —Su voz era como música para mis oídos.

Se levantó, dirigiéndose hasta unas gavetas, de allí sacó un par de esposas. Yo sonreí, estábamos en sintonía, éramos una orquesta en sintonía, todo lo que yo deseaba él me lo ofrecía mucho antes de que yo pudiera pensarlo.

—¿Sabes las palabras de seguridad? —me preguntó con suavidad.

—No me interesan, haz conmigo lo que quieras, trátame como a una puta si quieres, úsame.

—¿Estás segura?

—Usa las malditas esposas.

Se levantó para poner las esposas en las esquinas de la cama y estas calzaron a la perfección, ya habían sido usadas antes, las esquinas de la cama tenían rasgaduras en la madera, ya había habido alguien allí antes, él sabía lo que estaba haciendo. Por mi parte, yo pensé que no podía dejar ir a ese hombre, yo sería la última mujer que se quedaría a dormir en esa cama, él sería mío, sería completamente mío. No tenía un solo par de esposas, me amarró a la cama por las cuatro esquinas. Luego volvió a dirigirse hasta la gaveta y sacó una venda para los ojos.

—¿Puedo?

—¡Sí! Haré todo lo que tú quieras, puedes hacer conmigo ¡todo lo que quieras!

—¿Todo lo que yo quiera?

—¡Todo!

Me tapó los ojos con la venda y yo estaba muy emocionada, escuché el sonido de un vibrador y lo sentí deslizándose por mi pierna, era demasiado gentil; era de esos que empezaban todo muy suave, eso tenía que significar que después... Mis pensamientos se interrumpieron con un gemido, me encantaba. Me besó los senos y luego se volvió a levantar de la cama.

—Franz, te lo suplico ¡cógeme ahora! No lo soporto más.

—Voy a hacer algo muy especial para ti. Esto es algo que solo uso en ocasiones muy especiales.

Cerró la gaveta, sentí su peso sobre la cama.

Sus manos se deslizaron hasta mis pies, sentí algo metálico muy frío yendo en dirección a mi pie derecho y, de repente, sentí un dolor como nunca en mi vida, era como si me estuviera arrancando un dedo del pie, grité de dolor sin entender qué estaba sucediendo. No tuve oportunidad de decirle que se detuviera cuando sentí que el dolor se repetía en mi otro dedo.

—¡QUÉ MIERDA HACES! —chillé con un alarido de dolor, era insoportable, sentía cómo me estaba arrancando la uña del pie y volví a gritar—. ¡QUÍTAME LA VENDA, FRANZ!

¡NO ES GRACIOSO!

—Está bien, preciosa —respondió como si nada sucediera.

Me quitó la venda y pude ver mi pie, estaba inyectado en sangre, me había arrancado las uñas de dos dedos del pie izquierdo, más específicamente la uña del dedo gordo y la del meñique, la sangre se deslizaba hasta las sábanas de la cama.

—¡ESTÁS LOCO! ¡SÁDICO HIJO DE PUTA! ¡ALÉJATE DE MÍ! —grité desesperada, mientras me revolvía en la cama y me lastimaba las muñecas—. ¡SUÉLTAME!

—No —respondió con su mismo tono de voz calmado y profundo—. Tú me dijiste que podía hacer lo que yo quisiera contigo, ¿no es así?

—¡NO ME REFERÍA A ESTO! —Me revolví de izquierda a derecha intentando soltarme.

—¿Y tú crees que me importa? Me diste permiso para hacer lo que quisiera contigo y eso pienso hacer. No voy a soltarte, Anna, nunca voy a dejarte ir. Eres la mujer que siempre soñé, ¿cómo podría dejar que me abandonaras? No podría soportarlo.

—¡ERES REPULSIVO! ¡ERES UN MALDITO HIJO DE PUTA!

—Anna. —Empezó a decir lentamente—, yo te amo.

—¡DÉJAME IR!

—No lo haré, no mientras estés viva, por supuesto.

Mi corazón se detuvo y sentí un frío recorrer mi cuerpo. Él volvió a usar su sonrisa encantadora, pero que ya no lo era, era sádica, era la sonrisa de un enfermo mental.

—¡Mis amigas! Ellas querrán saber dónde estoy —respondí.

—¿Ellas? Pues es obvio que empezarán a buscarte, es

verdad, siempre existe la posibilidad de que llamen a la policía y hasta se interesen en preguntarle a la gente del restaurante que pasó contigo, pero por suerte tengo el dinero para pagar todas las coartadas que necesite.

—¿De qué hablas?

—Anna, esta no es la primera vez que hago esto.

Permanecí en silencio.

—Navy y yo tenemos un acuerdo, yo le dejo una gigantesca propina y ella solamente recuerda haberte visto salir unas cuantas horas antes, me da la mesa a la que no apunta ninguna cámara y me defiende, cueste lo que cueste.

La uña estaba sobre la cama, llena de sangre. Mi dedo palpitaba.

—¡El Uber! ¡Él sabe que yo vine contigo!

—¿Segura? El Uber no recibió dinero de mí, recibió dinero de una chica llamada Daniela Álvarez, y ella con gran generosidad le dejó un sobre con quinientos dólares y un mensaje que dice «tú no viste nada». —Franz dijo todo eso con total naturalidad—. Ustedes las mujeres siempre creen que son tan importantes como para ser las primeras, pero eres la... ¿onceava, tal vez? Y aún no me han descubierto.

—Franz, ¿por qué? —Estaba hiperventilando, lloraba y no soportaba el dolor en el pie—. ¿Qué te hice? ¿Hice algo malo?

—No, de hecho, todo lo contrario —respondió mirándome a los ojos con ternura—. Me encantas —dijo y empezó a acariciarme el cabello—, por eso no te voy a matar esta noche. —Enredó su dedo en mi cabello—. Nos divertiremos durante una semana. —Le dio un tirón a mi cabello y dolió muchísimo—.

Iré cortando y rompiendo poco a poco —dijo y tiró el trozo de cabello al suelo—. Lo que más te gusta se disfruta poco a poco.

—¡Te lo suplico, no hagas esto! ¡Haré lo que quieras, te daré dinero, pero te lo suplico, no hagas esto! —Estaba desesperada, lloraba, los mocos salían de mi nariz y mis dedos estaban cada vez más hinchados.

—Pero esto es lo que yo quiero. —Franz se levantó y sacó algo de la gaveta—. ¡Esto es lo que me da placer!

Sacó una enorme aguja con un martillo de médico.

—Sabes, me siento muy cómodo contigo —dijo Franz—, así que te voy a contar algo, yo nunca me dediqué a estudiar artes, de hecho, tengo una carrera en medicina y, además, un lamentable accidente me hizo heredero de la fortuna de mi padre y con todo ese dinero pude hacer lo que se me antojó, me fui de Nueva York y me vine a vivir acá.

Mis muñecas estaban llenas de moretones y seguía sin poder soltarme.

—Empecé una nueva vida en la que nadie me conocía, claro, tuve que hacer amigos y estudiar otras cosas, pero ahora todos me respetaban, era una persona diferente. Cuando era chico nadie me respetaba, yo era menos que un chiste. —Hizo girar la aguja—. Sobre todo, para las mujeres, siempre me rechazaban, mujeres como tú, Anna, siempre me dejaban de lado.

—¿Y YO QUÉ CULPA TENGO DE TODO ESO?

—Ninguna —respondió aún muy calmado—. ¿En dónde estaba?, ¡ah!, sí, yo siempre estaba de lado, era un chiste para todos, así que decidí que sería respetado, sería todo lo que los hombres envidiarían y todo lo que las mujeres desearían, lo tendría todo y además disfrutaría de algo que jamás me dejaron hacer de niño. —Franz desvió su mirada, se había perdido en el pasado y lo miraba con cara de asco—. Siempre que golpeaba a un animal o mataba a un gato tenía que soportar a mi odioso padre recriminándome porque eso estaba mal, pero jamás se dedicó a entenderme. ¿Era mi culpa sentir placer por pisar la cabeza de un gato?, no, no era mi culpa, yo soy así. —Parecía enojado—. Y jamás pude disfrutar de eso, de ver cómo se retuercen las cosas, ver cómo la gente suplica por clemencia, era triste, era frustrante, pero ahora nada me impide hacer esas cosas, hacer a las mujeres pagar por dejarme de lado y ver cómo piden clemencia.

No tenía palabras.

—¿Sabes qué sentí cuando Abi contaba la historia de Innes? —Tomó aire—. Sentí placer, estaba muy excitado cuando Innes apuntaba con la escopeta a su esposo, entonces te vi y pensé, demonios ella es perfecta, y todo en esta noche ha reafirmado mis ideas.

—Déjame ir, no le diré a nadie, en serio.

—Anna.

Lo miré.

—¿Sabes para qué son el escalpelo y el martillo?

Agité la cabeza y sentí las lágrimas en mi rostro, en el espejo se podía ver mi rostro desmaquillado. Él saltó sobre mí poniendo el escalpelo muy cerca de mi ojo.

—¿Sabes qué es una lobotomia transorbital? Es una operación que se realizaba antes para tratar enfermedades mentales, consiste en introducir este pequeño escalpelo entre tu ojo izquierdo y tu párpado. —Empezó a introducir poco a poco el escalpelo entre mi ojo y el párpado, era una sensación horrible, sentía el frío del metal rosando mi ojo como si en cualquier momento la punta de la aguja pudiera perforarlo, apreté las sábanas de la cama intentando no moverme, no quería gritar, no quería darle la oportunidad para que me arrancara el ojo con el escalpelo.

—Ahora voy a dar unos cuantos «toques». —Apretó con firmeza el escalpelo y sosteniendo el martillo con la otra mano dio un pequeño golpe al escalpelo. Sentí como si mi cabeza se partiera en dos, las imágenes desaparecieron y todo se volvió de color blanco por unos instantes. El dolor era insoportable. Yo quería vomitar, deseaba gritar, necesitaba maldecirlo, golpearlo, quería matarlo.

—Fascinante ¿no te parece? Puedo hacer todo lo que quiera contigo, tú me lo permitiste y te haré cosas que solo yo puedo soñar. —Entonces, tiró del escalpelo con fuerza, y sentí cómo la parte superior de mi párpado se rompía, pensé que perdería el ojo y que quedaría deforme por el resto de mi vida, si es que salía con vida en primer lugar.

Chillé como nunca, la impotencia no me permitía pensar, en mi cabeza aún resonaba el sonido metálico del escalpelo entre mi ojo y mi párpado. Mis dientes tenían un sabor a metal y al intentar ver a mi alrededor sentí presión en la cabeza como si fuera a estallar en cualquier momento. Podía ver marcas en donde se debía encontrar mi visión periférica, estas recordaban a la forma de las venas, seguido de esto, moví la cabeza e intenté cerrar el párpado, en respuesta, despertó una terrible migraña y sentí cómo mi ojo izquierdo fue pintándose de rojo, poco a poco.

—Vaya, eres resistente. ¡Eso me gusta! —confesó Franz mientras le daba vueltas a la aguja ensangrentada—. La chica anterior no soportó la ansiedad y... se movió de más. Ojalá hubieras visto el desastre, fue muy placentero, lo único malo fue la necesidad de comprar un colchón nuevo después de eso.

Permanecí en silencio; sabía que si abría la boca sería para vomitar.

—¿Sabes qué fue lo que más me gustó de la conversación filosófica que mantuvieron tú y tus amigas? La parte en la cual aseguraban que lo único que evita que un sádico como yo haga lo que hago es el miedo al castigo. —Mientras decía estas palabras pasaba el escalpelo ensangrentado por mi rostro—. Y me sorprende decir que estaban en lo correcto. Yo era un chico tan cobarde y tenía tanto miedo de ser yo mismo, que me resultaba impensable hacer estas cosas porque temía que mi padre lo descubriera. Me aterraba pensar que mi padre pudiera castigarme. Él jamás hizo el intento de entenderme, yo solo quería que intentara entender, pero nunca lo hizo, me vio como un fenómeno. —Me tiró del cabello con una fuerza brutal—. ¿Acaso tú también crees que soy un fenómeno? ¡Contesta!

Negué con la cabeza.

Al principio sonrió con sarcasmo, como si yo fuera muy tonta, luego me dio una cachetada en el mismo lugar donde había metido el escalpelo.

—¡No me mientas! —exclamó con una voz iracunda.

Soltó el escalpelo y el martillo dejándolos sobre la

mesa de noche, entonces vi cómo la expresión de su rostro se deformó de súbito, era el rostro de alguien que siente un odio muy profundo, y que quiere hacer mucho daño. Se me abalanzó y empezó a darme cachetadas, una seguida de la otra, sin detenerse. La fuerza con la que daba las cachetadas iba en aumento seguido de un «¡NO ME MIENTAS!». Por instantes se detenía solo para verme llorar y chillar de desesperación, por un segundo pensé que dejaría de agredirme, pero ese no era el caso: él estaba buscando su cinturón, y, para mi desgracia, lo encontró en un cajón. Lo sostuvo con la mano derecha y me dio un fuerte correazo en el pecho.

—¿Tendré que enseñarte por las malas que no quiero que me mientas? —Acentuó cada palabra con un golpe del cinturón sobre mis piernas, mi pecho y en una ocasión estuvo muy cerca de golpearme en el rostro.

—¿Quieres ver qué les hago a las chicas que me mienten? —Me dio un último golpe con el cinturón y sacó de su mesa de noche un álbum de fotos.

¡Dios! ¡No, no por favor! ¡Todo menos eso!

Lo que vi me dejó paralizada, ¡No podía creerlo! desearía poder reprimir las imágenes que estaban grabadas en aquel álbum de fotos, eran visiones horribles sacadas del mismísimo infierno, eran la creación de un demonio.

—¿Tú hiciste eso? —dije con los ojos desorbitados.

—Sí, y me encantó —respondió con su voz calmada—, ¿sabes cuál es la mejor parte? —Sonrió con su mirada de enfermo mental—, que tú vas a tener una sección completa para ti solita.

—¡Por favor, nooo! ¡Te lo suplico! —le imploré llorando.

—Anna, Anna, ¿qué parte no entiendes? No vas a salir de aquí.

—¡Por favor! ¡NO LO HAGAS! —Me agitaba de un lado al otro, como si pudiera llegar a soltarme de las esposas.

—Me encanta cuando lloras. —Volvió a sonreír—. Solo por eso te voy a revelar un poco de lo que haré contigo; hoy voy a dedicarme a cortar tus pies; mañana serán tus dedos y tus manos; el miércoles voy a traer el taladro; el jueves..., bueno, lo sabrás cuando lleguemos a eso, y para el sábado ya no sentirás dolor.

—¿POR QUÉ YO?

—Porque te amo, Anna. Me encantas. Me encanta perderme en tu mirada, me encanta como me miras, me encantan tus labios, tu precioso cabello negro, tus hermosos y diminutos pies, tu encantadora personalidad, amo tu actitud, adoro tus caricias, me fascinan tus senos, me pierdo en el montón de cosas hermosas que te conforman, eres un sueño hecho realidad, es como si el destino te hubiera puesto frente a mí, fue amor a primera vista. Aun con todo pensé: «Debo darle la oportunidad de salvarse», no soy un sociopata, yo tengo clase, así que te di tres chances de escapar, el primero fue cuando las invité a comer. Si te hubieras negado lo habría aceptado y quien estaría aquí seria tu amiga Paris. Luego esperé que te fueras cuando estábamos en el restaurante, de nuevo volviste a quedarte conmigo. —Suspiró con alegría mirando al techo—. Y la última oportunidad fue cuando te pregunté por las palabras de seguridad, si hubieras puesto límites no estarías en esta situación. Tú eres la única culpable, me deseabas con mucha intensidad, podía sentirlo en tu respiración, podía verlo en tus ojos y cuando cediste en la tercera ocasión me dije a mí mismo: «¡Qué demonios! La vida es muy corta para no disfrutarla».

Yo hiperventilaba, lloraba, me sentía estúpida, sentía una horrible presión en el pecho, estaba llegando a un nuevo nivel de ansiedad y la peor parte es que sentía que me lo merecía. «¿Qué mujer tan estúpida se acuesta con un hombre que acaba de conocer? ¿Por qué he sido tan estúpida? ¿Dios, por qué estoy aquí? ¡Ayúdame, te lo suplico!», pensaba.

—Anna, voy a salir unos segundos a buscar algo, ¿me prometes esperarme con una sonrisa? —comentó Franz—. Si lo hicieras podría ponerte un poco de anestesia, así no sufrirías... —Se detuvo un segundo. Se dio la vuelta—. Por cierto, pierdes el tiempo gritando, la habitación está insonorizada, nadie va a escucharte, ni siquiera yo podré escucharte desde la cocina.

Dicho eso, salió por la puerta.

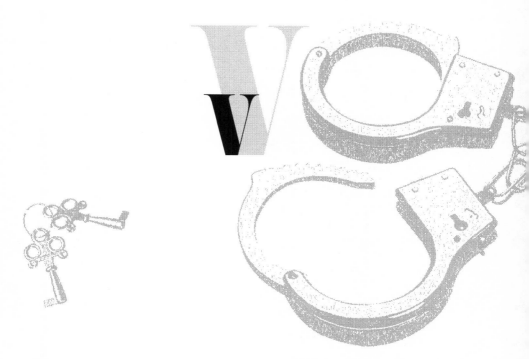

El mundo me daba vueltas, y mi vida giraba como una espiral sin fondo hasta la muerte. Miraba hacia el espejo y solo podía ver una porcelana rota. «Voy a morir», me decía a mí misma, «todo terminó y no hice nada». Siempre había soñado con hacer modelismo ferroviario, ver aquellos trenes en los centros comerciales durante Navidad era toda una experiencia, era mágico ver cómo algo tan sencillo podía hacer a tantas personas felices, claro, había abandonado la idea de hacer aquellas cosas porque pensaba que no era un oficio de mujeres, qué tonta fui. Si pudiera, pondría todo mi esfuerzo en hacer un solo modelo, solo uno sería suficiente para sentir que todo valió la pena.

Sé que es extraño pensar en lo que hubieras querido hacer durante los momentos finales, pero ¿no es natural desear que todo fuera diferente? Cuando todo está tan cerca de terminar, la vida empieza a tener un propósito más claro, yo quería sobrevivir e iba a hacerlo, no sabía cómo lo haría, pero sabía que lo haría.

Miré a mi alrededor buscando alternativas, en efecto, la habitación estaba insonorizada. Si no hubiera sido el caso, Franz habría vuelto por la intensidad de mis gritos. Estaba empezando a quedar afónica por el intento tan desesperado de llamar la atención de alguien, pero nadie iba a rescatarme, Franz se había asegurado de que no hubiera manera de que alguien me escuchara.

«¿Estarán debilitadas las esquinas de la cama?», pensé en voz alta.

Seguí tirando de mis brazos y piernas, pero las esquinas de la cama eran lo suficientemente resistentes para no moverse ni un centímetro, tenían rasgaduras del esfuerzo de otras chicas tan desafortunadas como yo, si ninguna había salido con vida antes ¿qué oportunidades tenía yo de lograrlo? Mi mente iba y venía, como la marea arrastrando la arena en la playa, se deslizaba entre un flujo de pensamientos racionales y un flujo de pensamientos irracionales. Pensé en que jamás había tenido un gato y en lo mucho que me hubiera gustado tenerlo, pero Alex jamás habría soportado las alergias, tener una hermana que era alérgica a todo siempre fue muy inconveniente. Entonces la marea regresó, volvía a estar en la realidad, volvía a estar en la habitación de Franz, amarrada a su cama como un animal que iba en dirección al matadero.

«¿Podría usar las esposas para cortar la madera?», vi el

grueso de las esquinas de la cama y supe que no estaba pensando de manera racional.

La marea se fue y pensé en aquellas clases de yoga, en la meditación y sobre cómo las había abandonado a pesar de que eran muy buenas para mí, lograban calmarme en los momentos de mayor estrés, cuando mis manos temblaban y yo sufría de aquellos ataques de ansiedad. La marea volvió y entendí que necesitaba relajarme, necesitaba pensar, enfocarme en el problema principal.

«¿Puedo soltarme?», la respuesta era: «no, es imposible soltarse, romper estas esposas requeriría algo con qué cortarlas o algo con qué oxidarlas, necesitaría usar mis manos y requeriría muchos meses para lograrlo».

No podía soltarme, tenía que pensar en otras opciones, empecé a hacer los ejercicios de respiración, inhalar tres segundos, exhalar tres segundos y repetir el proceso, mis manos dejaron de temblar y la marea permaneció alta, podía pensar con un poco más de claridad. Entonces pensé, ¿qué tengo a mi alrededor? Miré en dirección a las gavetas y no podía ver que había dentro de ellas, me dolía el cuello y giré mi cabeza para ver a los lados, romper el espejo me daría un arma contra Franz si lograba soltarme, pero no era posible, no iba a poder soltarme.

«¿Podré convencerlo de que voy a colaborar?, ¿de que todo esto me está gustando?», la respuesta era obvia, él no me creería, mi reacción instintiva fue el rechazo, él sabe que soy inteligente y que voy a jugar sucio.

Sentí el ruido de la puerta.

—Quería ver si estabas bien —dijo, mirando desde la puerta—, voy a necesitar unos minutos más, tengo que atender unas llamadas, no quiero que me molesten mientras tú y yo nos divertimos.

—¡JÓDETE! —grité mientras escupía.

—Parece que no quieres esa anestesia después de todo. —Chasqueó la lengua—, es una lástima.

Volvió a cerrar la puerta.

Franz se iba a tomar un tiempo en hacer llamadas, aún tenía tiempo para pensar, podía seguir detallando la habitación, vi la puerta en dirección al baño, vi un librero, miré los títulos de los libros, aún recuerdo algunos de estos *Asesinato en el expreso de oriente*, *El cuento de la criada*, *Acuarela creativa*, *Pinturas de Van Gogh*, *Blacksad: amarillo*, *Verónica decide morir*, toda la colección completa de Sigmund Freud, *Más allá del bien y del mal*, y *Frankestein*. Me sentía contrariada, ¿por qué alguien que leía tanto era capaz de algo así? Lo tenía todo para ser un hombre maravilloso y ¿hacía esto? Me sentía tan tonta, le había dicho que sí a todo, debí poner límites, debí conocerlo mejor, ¿por qué había sido tan estúpida?

«Todo es mi culpa», me dije a mí misma, «yo soy la responsable de todo esto».

Mis manos volvieron a temblar.

«¡No!», grité, «¡concéntrate!». La marea se alejaba, así que volví a respirar, tomé aire durante cinco segundos, lo retuve durante cinco segundos y lo expulsé, luego de nuevo, tomé aire, lo retuve y lo expulsé, la marea volvió a subir y mis manos dejaron de temblar.

Miré hacia la mesa de noche y comencé a detallar qué había sobre ella. Primero encontré un reloj de mesa, era un reloj con forma de medidor de divergencia, no me iba a servir de nada, un libro, pude ver el nombre en el lomo *El extraño caso del Dr. Jekyll y Mr. Hyde*, había un cubo Rubik de 5x5, dos caras estaban listas, seguía siendo inútil, luego vi una corneta circular, era un *Echo Dot*, un pequeño dispositivo que se conectaba a Alexa, un asistente de voz.

«Un asistente de voz».

Volví a repetirlo.

«Un asistente de voz, conectado a Internet».

Una corriente eléctrica recorrió todo mi cuerpo. Era la misma fuerza electrizante y llena de adrenalina que invadió mi cuerpo mucho antes, era como estar mucho más que viva.

—¡Alexa!

El aparato encendió con un anillo de luz azul con morado.

—¡Llama al 911!

La voz robótica de Alexa respondió y fue música para mis oídos. ¡Estaba funcionando! Jamás me había sentido tan feliz en toda mi vida, me reí de la emoción. Pero luego permanecí en silencio, esperando.

Pin...

Pin...

Pin...

—911, ¿cuál es el motivo de su emergencia?

—¡Estoy secuestrada en el apartamento de Franz Muller, estoy retenida por la fuerza en su cama, amarrada con esposas! ¡Por favor, ayuda! —dije desesperada—. La dirección. ¿Cuál era la dirección? Sí, ya recuerdo, es en la 110 SW 12th en South Miami, al lado del Parque Southside, el edificio de la entrada arco iris, piso... ¡3! ¡Habitación 304! Por favor, ayuda, va a matarme.

—Estamos enviando ayuda ahora mismo. ¿Puede mantenerse en la línea?

—¡SÍ! Pero tengo poco tiempo, ¡por favor, se lo suplico, necesito ayuda!

Jamás en vida me había sentido tan orgullosa de haberle prestado atención a la dirección donde iba, jamás en todos estos años me había sentido tan inteligente, iba a sobrevivir, todo iba a salir bien, Franz no podía escucharme, ¡estaba hablando desde otra habitación!

—¿Se encuentra herida?

—¡Sí, mi pie está herido y hay demasiada sangre! ¡Tengo las manos atadas a la cama!

—¿Se encuentra su atacante en otra habitación? Franz Muller, ¿cierto?

—Sí, está en la otra habitación, tengo poco tiempo, ¡maldita sea!

—El equipo está en cami...

Franz entró a la habitación con la mirada desorbitada.

—¡TÚ! ¿Qué mierda estás haciendo? ¿Cómo mierdas...? —exclamó Franz con la voz alterada, entonces tomó el martillo y fue en mi dirección.

—¡DIOS, NO! —grité cerrando los ojos para no ver cuando me golpeara el rostro.

Rompió el Echo con su martillo.

—¡TÚ! Diste mi dirección y mi nombre ¿no es así? ¡Me cago en tu puta madre Anna! —Franz sacó una llave, abrió las esposas y me golpeó en el estómago—. Tengo un lugar donde nunca me encontrarán, eso me dará tiempo de salir de aquí.

Me escupió.

—¡Maldita puta, lo arruinaste todo! —gritó tirando de mi cabello.

Me puso una sábana y me hizo salir del departamento.

—Esta vez, no voy a dejar que lo arruines. —Me puso la venda sobre los ojos.

Sentí cómo me arrastraba de un lado para el otro, apretaba mi brazo con una fuerza sobrehumana, tiraba de mí como si fuera un trapo, yo intentaba pelear, pero cada vez que lo hacía él me volvía a golpear en el estómago.

Sentí que me ponía algo en el dedo, era un anillo.

—Si nos detienen... eres mi esposa, estamos yendo al hospital por una herida en tu pie, atrévete a decir algo y te estallo la cabeza con esto. —Sentí algo metálico en mi sien—. Y no te atrevas a hablarme o te cortaré la lengua.

Escuché el sonido de las sirenas de la policía a lo lejos. No tenía ni idea de dónde me encontraba.

—¡MIERDA! —gritó con un tono de voz delirante—. ¡Ya están aquí!

Sentí cómo golpeaba mi rostro con la culata de la pistola, recibí el golpe debajo de la nariz, en mis dientes frontales. Chillé del dolor y escupí lo que tenía en la boca, sentí que era una piedra, pero no lo era, me había roto un diente, no se rompió de forma horizontal, sino vertical dejando un fragmento en mis encías que se hinchaban, mi labio también se sentía hinchado. La nariz me sangraba.

El mundo que me rodeaba ya no tenía formas, era como la estática de un televisor, y las mareas subían y bajaban, subían y bajaban, a un ritmo aterrador, era una danza macabra que me acercaba más y más a la muerte. Percibí que me sentaba en el auto y todo empezó a tomar forma y volumen de nuevo, sentí el asiento y la puerta a mi derecha, intenté recostar el rostro sobre el vidrio para saber si estaba abierto, si era así, podría gritar, pero estaba cerrado. Luego escuché el rugido del motor y Franz aceleró a toda velocidad, mi cabeza se fue hacia atrás y empecé a sentir un extraño olor a humo, ¿estaría fumando? No lo creía, ese no era olor a humo de tabaco, era el mismo olor que se siente durante un incendio.

VI

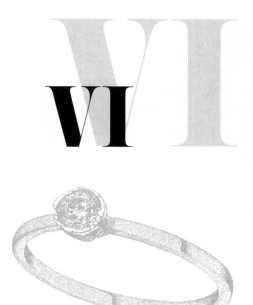

—¡Maldita sea! Déjame quitarte eso de los ojos, se verá sospechoso —chilló Franz con una voz aguda y nerviosa.

La imagen volvía a ser clara, ambos nos encontrábamos en un área residencial, estábamos en Brickell Avenue, Franz conducía en dirección norte, no había autos en la vía, pero podíamos escuchar a las patrullas acercándose. Giré mi mirada hacia la izquierda y lo vi, estaba desquiciado, tenía el rostro sudoroso y gotas de sudor caían sobre sus pantalones, no llevaba camisa, y su belleza había desaparecido. Sus hermosos ojos ahora eran horribles, estaban inyectados en sangre, su cabello había perdido el brillo, su cuerpo, antes escultural, ahora estaba encorvado perdiendo gran parte de su atractivo, sostenía el volante con la mano derecha, yo bajé la mirada y pude ver que en su mano izquierda tenía un arma, una Magnum, esa es una de las armas de más alto calibre, se usa para cazar osos.

Mis posibilidades de sobrevivir eran mínimas, un solo disparo y no quedaría nada de mí, la potencia de aquella arma era letal y si disparaba hacia mi cabeza, entonces esta estallaría, dejando solo un barro sanguinolento en la ventana.

—Franz ¿por qué haces esto? —dije eso con una calma inusitada—. Lo tienes todo, ¿qué necesidad tienes de hacer esto?

Él no respondió, el velocímetro estaba llegando hasta las ochenta millas por hora.

—Porque te amo —respondió con calma—. Desde el primer momento que te vi supe que eras especial, que debía hacerte mía —dijo y tomó aire—, pero te di la oportunidad de decidir. Lo sabes, ¿no es así? —Empezó a reírse—. Te lo pregunté: «¿Todo lo que yo quiera?» y tú respondiste: «¡Sí, a todo!»

—Yo...

—Si me hubieras puesto límites, yo podría haber intentado no hacer nada más, pero ¡tú! —Giró hacia la izquierda y las llantas chillaron—. ¡Tú me hiciste hacer esto! —Golpeó el volante—. ¡Es tu culpa! ¿Lo entiendes?

No tenía palabras para responder a eso.

—¡Anna! —gritó con un alarido y empezó a llorar—. Yo te amo, Anna, por favor —su tono de voz cambio a uno suplicante y tan pronto dejo de hablar desvió su atención de la carretera y me miró a los ojos—. ¡NO ME ABANDONES!

—¡MIRA EL CAMINO, NOS VAS A MATAR!

—¿Qué sentido tiene vivir sin ti?, ¿y si permito que nos estrellemos contra una pared y acabamos con todo esto?

—¡NO! —chillé y tomé su mano derecha—, nunca te abandonaré. Hasta el final. —Y le mostré el anillo que tenía en el dedo. Sonreí.

Franz volvió a mirar el camino, a nuestro lado pasaba un camión de carga a toda velocidad, lo esquivamos justo a tiempo, un solo segundo más y habríamos muerto destrozados dentro del auto.

Miré hacia la ventana, sentí mi ropa interior húmeda, el asiento estaba húmedo y el olor era desagradable, pero Franz no pareció notarlo, o tal vez le gustaba, no sabía qué pensar de él en aquel instante.

—Sé que quieres lanzarte de aquí, sé que vas a luchar —aseguró de la nada—, eso me encanta, me encanta que seas tan inteligente, tan difícil de domar. —Empezó a reírse solo.

Los autos de policía estaban cada vez más cerca, los podía ver persiguiéndonos a altas velocidades, el velocímetro de Franz llegaba a las cien millas por hora, ¿cómo era posible que no nos hubiéramos matado hasta ahora? Claro, había que añadirle una virtud extra a Franz, era un conductor experto, con unos reflejos de lince.

—Ríndete, por favor, nos vas a matar —le supliqué—, ¡diré que todo fue un malentendido!

—Estoy loco, Anna, pero no soy estúpido.

Un auto de la policía intentó detenernos por el frente, Franz lo esquivó al instante que apareció y pisó el acelerador hasta el fondo. Miré hacia mi cinturón de seguridad y no lo tenía puesto, ninguno de los dos lo teníamos puesto y el auto hacía ruidos alertándonos, no los había escuchado con atención, pensaba que los ruidos provenían de mi cabeza a punto de estallar. Si chocábamos saldría disparada por el parabrisas y si tenía suerte acabaría muerta chocando con el asfalto, pero si no, acabaría desfigurada o en coma por el resto de mi vida.

—¡DETENTE! —Estallé.

—¡NO! Si detengo este auto, es para suicidarnos. ¿Estás segura de que quieres eso?

Me temblaban las manos. Tenía las uñas largas, podría rasguñar su rostro y tomar el volante, pero no podía, el cañón apuntaba en mi dirección.

Sentí una sirena de policía a mi izquierda, las luces destellaban y se acercó hasta nosotros cuando Franz sacó la pistola por la ventanilla y disparó contra la patrulla, esta se desvió chocando contra un poste de luz. Vi la sangre del policía mientras le estallaba la cabeza, Franz, además de saber conducir como un experto, tenía un ojo de halcón, solo mirando de reojo había dado justo en el blanco.

—¡Estamos muertos! —grité en un alarido—. ¡Nos mataste, Franz! Atacaste a la policía, lo mataste, para ellos solo seré un daño colateral, no van a tener piedad.

—¡BIEN! —Cargó de nuevo el arma.

Volvía a apuntarme de nuevo.

Estábamos en el parque Bayfront, cuando volví a sentir aquel olor, el olor de humo, dejé de ver a Franz y miré al frente.

Fue entonces cuando la vi. Era ella, una hermosa mujer envuelta en luz. Una sensación cálida se apoyó en mi alma, la sensación reconfortante de una mano amiga. La mujer que estaba frente a nosotros era una silueta de ceniza, brillaba como una antorcha en medio de la calle. Era la misma mujer que había visto más temprano aquella noche, era Innes.

En sus ojos ardían unas llamaradas que se extendían hasta el cielo, una sonrisa de fuego se formó en lo que parecían ser sus labios.

Él gritó:

—¡Fuego!

Entonces una llamarada inundó el mundo, el plástico del volante se derretía entre sus dedos, los vidrios estallaron en millones de fragmentos que se le incrustaron en la piel y el olor del humo inundaba sus pulmones, cuando vi sus ojos, solo pude ver cómo una llamarada de fuego negro salía de ellos.

Pero, ¿cómo era posible aquello? Mi dedo ardía y sentí el anillo que Franz me había dado, el anillo desprendía el humo que había estado oliendo durante toda la noche, cuando toqué el anillo con mi otra mano sentí un calor reconfortante como si Innes dijera: «Todo va a salir bien».

En el suelo donde estaba Innes había un extenso charco de agua, ella estaba parada sobre él, pero no había ningún reflejo. Ella nos había estado esperando, sin embargo, no podía aparecerse en un lugar donde no hubiera agua, su espíritu estaba conectado al agua y solo podía hacer acto de presencia de esa forma, sin saberlo, Franz había tomado una ruta idónea para Innes, en esa misma calle había estallado una boca de incendio y el agua estaba por toda la calle, Innes había tomado forma y volumen haciendo todo lo posible para detener a Franz. Pese a todo, Franz no estaba muerto, ni estaba muriendo, todo parecía ser solo una ilusión, un pequeño engaño mental, porque Franz, asustado, giró hacia la izquierda, como si temiera acercase más a ella, sostenía el volante con las dos manos, había soltado el arma y estábamos a segundos de chocar contra un poste de luz. Sentí cómo el tiempo se ralentizaba a mi alrededor, lo más rápido que pude me coloqué el cinturón de seguridad e impactamos contra el poste al lado de Bayfront Marketplace.

Las bolsas de aire no estallaron.

Mi cabeza daba vueltas, todo a mi alrededor era fuego, ¿estaba muerta?, ¿había estallado el automóvil?, ¿estaba en el infierno?, ¿cómo es que podía seguir pensando? ¿qué era ese ruido? Sonaba como un pitido en mi cabeza, era desconcertante, mi vista estaba nublada de sangre, y mi mano ardía, miré mi dedo y pude ver como el anillo se estaba derritiendo; curiosamente aún no me recupero de esa quemadura, creo que la tendré para siempre.

Franz estaba a mi lado, no había salido volando con el choque, su cabeza había impactado contra el volante y su bello rostro se había convertido en una masa de golpes sanguinolenta como la mía. No sé si los demás llegaron a notarlo, pero sus ojos ya no estaban allí, solo había dos cuencas de las cuales salía un humo muy espeso y olía a alquitrán.

Tomó el arma y me apuntó.

—¡¿Anna?! ¡¿Dónde estás, mi amor?! —Apuntó el revólver en mi dirección—. ¿ANNA? ¿POR QUÉ NO ME PUEDO ESCUCHAR? —Apuntó en otra dirección y volví a respirar—. ¡MALDITA SEA, ANNA! —Tiró de la manilla y salió como si estuviera ciego.

No estaba segura de qué estaba sucediendo, pero a mi alrededor pude sentir cinco sirenas de la policía a destiempo,

¿estábamos rodeados? Yo no quería salir de allí, algo malo iba a ocurrir si salía de allí. Agaché la cabeza intentando que el asiento me protegiera, algo malo iba a ocurrir, algo muy malo iba a ocurrir.

—¡BAJE EL ARMA!

Sonó un disparo, Franz había disparado hacia donde estaba Innes, creo que solo él y yo podíamos verla, me dolía el cuello y el cinturón de seguridad se había apretado en mi pecho, me costaba respirar, volví a ver a Franz y lo siguiente que escuché fue una ráfaga de disparos todos en dirección hacia Franz. Todo salió muy mal... para Franz.

Mas de catorce oficiales de policía lo acribillaron a balazos, quedó irreconocible, nadie pensaría que eso había sido Franz Muller.

—¿Ya? —dije en voz alta—, ¿está muerto? ¡Por favor!, ¡díganme que está muerto!

Sentí a alguien a mi lado, abrió la puerta e intentó sacarme.

—¡Señorita, tiene que salir!

—¡NO! —grité— ¡NO VOY A SALIR! ¡NO MIENTRAS ÉL VIVA!

—¡Señorita, ya está muerto! ¡usted está a salvo! —dijo la voz de una mujer policía.

—¿Está segura? —exclamé en el borde la histeria, un sentido muy primitivo de supervivencia actuaba sobre cada célula de mi cuerpo, el pánico me dominaba—. ¡Tiene que prometerlo!, ¿de verdad está muerto?

—Sí, de ver...

Su cuerpo se agitó. Sonaron dos disparos más y el cuerpo dejó de moverse, esta vez para siempre.

Yo miré a la mujer a los ojos, esta vez asentí, Franz estaba muerto. Todo a mi alrededor era neblinoso, miraba de un lado a otro y todos los policías lucían igual, todos tenían el mismo rostro, pero no puedo describirlo. Después de ese momento, todo fue como estar en un sueño, recuerdo estar en una ambulancia, recuerdo haber entrado en el hospital, recuerdo cómo todos me miraban y recuerdo que los doctores gritaban.

En palabras de las enfermeras, estaba en un estado de conmoción, recuerdo vomitar, pasé horas vomitando, no porque tuviera ganas, solamente vomitaba, creo que la comida del restaurante no me había caído demasiado bien.

Recuerdo que cuando subía a la ambulancia podía ver a Innes mirándome con una expresión de ternura y pena, fue un gesto muy humano, muy puro. Nunca podría olvidar a Innes, es esa imagen que se queda contigo el resto de tu vida, que te acompaña en los sueños y las palabras que sentí resonar en mi cabeza vuelven a mí de forma constante:

«Es una lástima que no pudiera hacer más, siento que todo esto haya pasado». Su mirada se intensificaba, «Anna, solo recuerda», empezó a envolverse en las llamas, «no es tu culpa», una vez dicho esto desapareció, al instante el fuego se extinguió para siempre y la marea de pensamientos en mi mente descendió, todos se apagaron. Solo quería dormir un poco.

Epílogo

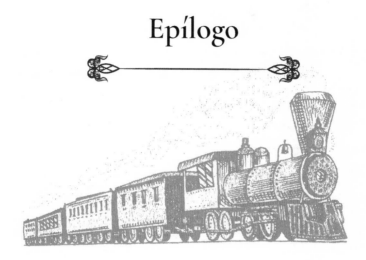

¡Me encanta cómo te está quedando ese tren! —exclamó Paris emocionada—. ¡Es superlindo! No sabía que supieras pintar cosas tan pequeñas.

—Yo tampoco sabía que podía —respondí—, pero después de tanto tiempo de reposo supongo que podía intentar probar algo diferente.

—Me encanta la idea —aseguró con una sonrisa—. ¿Cuándo te dan de alta?

—En cinco días, adquirí una manía de vomitar cuando empiezo a estresarme demasiado. No sé por qué, pero supongo que es algo que tendré que cargar por el resto de mi vida, además, he tenido sueños raros, veo gente muy extraña caminando por los pasillos del hospital, supongo que no puedes vivir una experiencia así sin llevarte un trauma de regalo.

—Supongo que no —opinó con un gesto de compasión en el rostro—. Tú no te lo merecías, ¿lo sabes?

—Lo sé, todos me lo dicen y lo agradezco, pero no puedo dejar de pensar que todo eso fue mi culpa. —Suspiré—. Supongo que tendré que ir a terapia, hace unos días vi en las noticias mi caso y cuando vi su rostro, no pude evitar vomitar.

—No hablemos de él —me suplicó mientras empezaba a acariciar mi cabello—, hablemos de ti, tus padres no han dormido nada desde que estás aquí. —Volvió a hacerme otra caricia—. Por eso les pedí que descansaran un poco en mi departamento mientras yo te acompañaba, te aman muchísimo, ¿lo sabes?

Sentí cómo las lágrimas se deslizaban por mis mejillas.

—Lo sé. —Volví a llorar un poco mientras soltaba el tren en miniatura—. Ojalá no tuvieran que verme así, cuando veo sus rostros siento tanta pena, todo esto fue mi culpa, nunca debí irme con él.

—¡No es tu culpa! —Me respondió con un abrazo—, quiero que lo repitas conmigo. «¡No es mi culpa!».

Sentí mi pecho muy apretado.

—No es mi culpa —repetí con voz ahogada.

—¡Más alto!

—No es mi culpa.

—¡Más alto!

—¡No es mi culpa! —grite y sentí cómo todo empezaba a

fluir—. ¡No es mi culpa haber tenido la intención de salir con alguien y que esa persona fuera un desequilibrado mental!, ¡no es mi culpa haber querido tener a alguien especial en mi vida! ¡No es mi culpa!, ¡el único culpable está ahora ardiendo en el infierno!

Finalmente rompí a llorar, Paris estuvo siempre para mí durante aquellos terribles momentos, mis padres jamás me recriminaron nada, nunca me culparon por lo sucedido y eso fue un alivio, yo temía que me trataran como si fuera una puta, pero no, jamás lo llegaron a considerar, para ellos el único culpable estaba en la morgue y se lo comerían los gusanos tan pronto lo enterraran. La familia Muller jamás hizo declaraciones al respecto y, como tratándose de una broma muy irónica, los cuadros de Franz empezaron a venderse como nunca en toda la vida del «artista».

He ido a terapia, nunca falto a mis sesiones, nunca dejo de tomar mis pastillas y evito, en la medida de lo posible, entrar en situaciones de mucho estrés, ya no es posible para mí trabajar como camarera. Mi papá, en un gesto que en la vida habría esperado, me prestó dinero para que me tomara un «año sabático» y yo, por mi parte, empecé a pintar los trenes, pasados cinco meses ya tenía mi primer cliente, para Navidad el Sawgrass Mills exhibió mi primer modelo ferroviario, todos hablaron maravillas al respecto, incluso vi cómo en Instagram llegó a tener casi cincuenta mil fotografías, creo que es uno de los momentos que mejor recordaré en mi vida. Ahora recibo pedidos de todos lados, a la gente le encantan mis trenes y a mí me encanta hacerlos, de verdad lo disfruto mucho porque nunca siento estrés al hacerlos, me hace tan feliz que no se siente como un trabajo.

Por otro lado, me cuesta mucho confiar en los desconocidos, no es que no pueda hablar con ellos, pero si es posible prefiero mantenerme en el terreno de la cordialidad, no me gusta llamar demasiado la atención y no me gustan para nada los hombres castaños.

Fui a casa de mis padres, por unos meses, antes de Navidad, mi mamá y yo volvíamos a escaparnos por los helados de cinco pisos y ahora no me temblaban las manos como cuando era niña, fue una tarde maravillosa en la que nos rodeaban las luces de Navidad, y Paris me acompañó durante esos días. Es una amiga excelente, la quiero muchísimo y espero poder corresponderle siempre que pueda.

Hace unos meses conocí a un chico, se llama Jack Wright, es lindo y humilde, cuando me conoció fue muy respetuoso, al principio yo no quería nada con él, pero después de un tiempo me empecé a sentir más cómoda con la idea de salir con alguien. Abi o Paris siempre me acompañaron a las citas y él aceptó de buena gana, según su perspectiva, él debía ganarse mi confianza y estaba dispuesto a invertir el tiempo que fuera necesario para conseguirla. Aún no me siento en capacidad de hacer el amor con él y aprecio la paciencia que tiene al esperarme. No sé si será el indicado, es muy difícil tener certeza de algo así, sin embargo, valoro muchísimo todo lo que hace por mí, me ayuda con los trenes, me acompaña a salir y respeta mi espacio personal. Lo quiero, de verdad lo quiero.

Se podrán preguntar ¿qué pasó con el cadáver de Franz?

Bien, admito que esto lo disfruté bastante. Por pedido de sus familiares más cercanos fue cremado, la parte divertida de todo el asunto es que cuando encendieron el horno salieron gritos horribles de la caldera, todos estaban asustados porque a Franz le habían removido el corazón y los pulmones, ni siquiera quedaba un cerebro, pero se escucharon los gritos. Chillaba pidiendo que apagaran el fuego, golpeaba la puerta, suplicaba clemencia, pero nadie se animó a apagar el horno, yo me imagino que Innes le hizo una última visita de despedida. No puedo evitar sonreír cuando lo recuerdo.

En este momento miro mi mano con la quemadura del anillo y pienso en lo afortunada que soy por estar viva, de no haber sido por ella no estaría aquí ahora. Muchas cosas han cambiado desde aquella noche y, en algunos sentidos, creo que mi vida es mucho mejor, mientras que en otros ha empeorado, al final del día me siento en paz conmigo misma y no siento el peso de la melancolía, me costó aceptar que no era mi culpa.

Ahora estoy en paz, ahora puedo mirar mi reflejo en el agua y decir estas palabras:

«Gracias por salvar mi vida».

Nota del autor

El nacimiento de esta historia es por sí mismo digno de su propio relato. Cuando empecé a escribir pensé en lo intrigante que sería escribir una historia de un asesino en serie, el resultado de aquella historia fue un desastre, había muchos personajes, la trama no tenía un foco, el mensaje de la obra era inexistente, tras un año y tres meses de esfuerzo desistí de terminar la novela, este fue el primer aborto.

Molesto con el libro empecé a trabajar en otra idea, una antología de cuentos cortos en los cuales interviene una bruja, entre todos estos cuentos había uno llamado «Caporella Park» en el que dos amigas, Anna y Paris, ven un fantasma saliendo de un lago, y una pintora llamada Abigail les contaba el relato de aquel fantasma. Esa sería la historia de Innes. Al terminar, sentí que el cuento era algo genérico, era una historia funcional, pero poco interesante. Cuando empecé a trabajar en el tercer cuento de dicha antología, me encontré de nuevo con el problema de la falta de enfoque, con personajes planos, y con una carencia de mensaje que resultada preocupante. ¿Es que no tenia nada que contar al mundo? Este fue el segundo aborto.

Enojado, empecé otro proyecto, ya alejándome del terror y encaminándome al camino de la fantasía, en esta ocasión la historia tenía una buena dirección, los personajes eran coloridos e interesantes y al finalizar la historia tenía un mensaje claro, fácil de entender y con el que cualquiera podría identificarse. ¿Cuál fue el problema en esta ocasión? Me había puesto tantas limitaciones que convertí una novela de doscientas páginas en una novela de sesenta, el resultado fue una novela con un ritmo terrible. Ese fue el tercer aborto.

Mi prometida, enojada, me recriminó que había «Abortado tres maravillosas novelas» y todo esto por tener unos estándares tan altos como las nubes. No fue una conversación agradable, y por momentos me sentí como si hubiera asesinado a alguien. ¿Quién era yo para matar el esfuerzo de años de trabajo con una autocrítica tan autodestructiva?

Me había vuelto un asesino. Creaba mundos maravillosos solo para extinguirlos con mi propio odio, eso no estaba bien.

De entre las tres historias elegí aquella que mejor

funcionaba y acto seguido empecé a trabajar de nuevo en la novela de Anna, ahora se incorporaba el asesino en serie, ahora la magia tenía más sentido y el mensaje era uno que me gustaba mucho, era honesto.

Han pasado tres años y es ahora cuando La chica de los ojos de fuego ha nacido, porque me debía a mí mismo ver a una historia florecer; porque Anna, Paris, Abigail, Franz e Innes no merecían ser otra historia guardada en un disco duro.

Ya con la obra escrita, buscando a un editor, empecé a buscar clases de dibujo, entonces me encontré con un profesor que dijo una frase que debería ser inmortalizada como una de las citas más importantes de la historia universal:

«Nunca te digas a ti mismo algo que jamás le dirías
a un niño que está aprendiendo a dibujar»
—Brent Eviston—

La autocrítica es una herramienta maravillosa para muchas actividades de nuestra vida, pero puede salirse de control y el resultado puede terminar siendo desastroso.

Para todos aquellos que son como yo, solo puedo darles unas pocas palabras:

Tu trabajo no debe ser perfecto, solo necesitas
que sea la mejor versión de sí mismo.

Sin la fe de todos aquellos que apostaron por el éxito de esta historia y sin el esfuerzo de mi prometida por salvar este relato, este sería solo otro libro abortado, pero por suerte, Anna sobrevive al final del relato, igual que esta novela sobrevive al final de esta enredada historia.

Postdata:

Me he tomado unas cuantas libertades creativas a la hora de escribir este relato: Alexa, como asistente de voz, no puede llamar a emergencias de forma nativa.

Esto tiene que ser programado por el usuario para poder estar disponible; en casos de emergencia esto no es una opción a la que se pueda acceder para salir del peligro tal y como lo hizo Anna, desconozco si existen herramientas similares a la propuesta en el relato, escribo esto con la intención de no crear confusión al respecto.

Biografía del autor

Fabrizio Díaz Contin nacido en Valencia, Venezuela, en el año de 1998, es un autor de terror y fantasía, cuyo estilo se caracteriza por la vivacidad de sus personajes, el detallismo narrativo y la manera tan creativa en que se desenvuelven sus historias.

Conoció de primera mano los horrores de la dictadura, estos forjarían en él una visión del terror en la cual los personajes temen más a la psique y a los deseos ocultos que a lo sobrenatural o fantástico; siguiendo la tradición latinoamericana del realismo mágico, su mundo crea una unión natural entre lo místico y lo científico.

Actualmente trabaja en diversas novelas de misterio y fantasía.

Made in the USA
Columbia, SC
30 September 2023

23460211R00052